U0083725

古典詩歌研究彙刊

第九輯

龔鵬程 主編

第 11 冊

李白樂府詩中的「文學性」

何 騏 竹 著

國家圖書館出版品預行編目資料

李白樂府詩中的「文學性」／何騏竹 著 -- 初版 -- 新北市：
花木蘭文化出版社，2011〔民 100〕
序 2+ 目 2+152 面；17×24 公分
（古典詩歌研究彙刊 第九輯：第 11 冊）
ISBN 978-986-254-529-4（精裝）
1.（唐）李白 2. 樂府 3. 詩評
820.91 100001467

ISBN-978-986-254-529-4

9 789862 545294

古典詩歌研究彙刊
第九輯 第十一冊 ISBN：978-986-254-529-4

李白樂府詩中的「文學性」

作 者 何騏竹
主 編 龔鵬程
總 編 輯 杜潔祥
出 版 花木蘭文化出版社
發 行 所 花木蘭文化出版社
發 行 人 高小娟
聯 絡 地 址 新北市永和區中正路五九五號七樓之三
　　　　　　電話：02-2923-1455／傳真：02-2923-1452
網 址 http://www.huamulan.tw 信箱 sut81518@ms59.hinet.net
印 刷 普羅文化出版廣告事業
初 版 2011 年 3 月
定 價 第九輯 20 冊（精裝）新台幣 28,000 元

李白樂府詩中的「文學性」

何騏竹 著

作者簡介

何騏竹，民國 66 年三月生於台南，成功大學中文系畢業，南華大學文學碩士，香港珠海大學中文博士。曾任致遠管理學院通識教育中心助理教授兼研發處組長、中山大學中文系約聘助理教授，現任陸軍軍官學校通識教育中心專任助理教授。研究領域為古典詩文疾病書寫與六朝文學理論，曾獲教育部優質通識教育課程計畫及國科會專題計畫補助。著有博士論文〈六朝詩論中詩之本質定義研究〉，單篇論文〈從語言結構論鍾嶸「興」義的轉向與創新〉、〈試論杜甫詩中的「行不進貌」——以踟躕、徘徊為例〉、〈從《全唐詩》中的「搔首」行為看詩人的焦慮情緒〉、〈從迷津到歸途——論杜甫詩之疾病書寫與自我見證〉、〈杜詩「消渴症」疾病書寫之研究〉等論文。

提　　要

　　唐朝是一個樂府的時代，胡適就認為盛唐詩的關鍵就在於樂府新辭，而李白樂府詩不論在質或是量方面，都堪稱唐朝之冠。李白酣酒縱歌，下筆成詩，他所創作的樂府詩歌縱橫變換，卓然不群，其個人特殊的生命風姿與不斐的詩歌成就，吸引了許多學者讚嘆的目光，從而為此駐足，於是使得李白詩的研究燦燦然蔚為大觀，因此，關於李白的個人背景、時代環境、作品風格修辭思想等等研究已十分豐富，然而，一種屬於李白樂府詩歌內部的、本質性的思考，或者更為基本性地說—探究李白樂府詩之所以成為詩，而且成為優秀詩歌語言的文學基型，並以一種具體的、科學化的方法論解析，這在目前而言，可說仍是一片有待開發的地帶。而本篇論文之價值意義，就是在傳統的基礎上，開拓前人固有領域，為李白樂府詩找尋一個新的視角，從文本內部探究其藝術價值。

　　所謂「文學性」(literariness)，即特定的作品成為文學作品的基本特徵，其語出自符號學大師羅曼・雅各布森：「文學研究的主題不是作為總體的文學，而是『文學性』」，雅氏以「能指之自指性」與雙軸原理開出文學的基本特徵；無獨有偶，俄國形式主義亦突出文學自身的根本，以「陌生化」原理鑒別文學與非文學的差異，另外，更為詳盡的是英美新批評，其以細部文字技巧的方式，證成作品之文學特異性。於是，網羅此三種理論所共有的文本內部批評之特色，統合為一嚴密的文學理論架構，探究李白樂府詩的文學本質與獨有的特色，為本篇論文整體之中心主旨與目標；而同中有異，各有著重，故本文分三部分，目的在於清楚地從視覺新鮮感、多層意義與雙軸結構等角度探析李白樂府詩之文學基本特徵，進行對於李白樂府詩文學本質思考理論的建立。

目次

序

　　這是一次大膽的冒險。這篇論文游離於我生命之外，但又全然按照我生命的軌跡行腳─

　　1998 年我還是大四學生的時候，課表十分規矩的排列著中國文學應有的科目，它們規律且當然的存在，從未企圖逾越屬於中文領域之外；因此，1999 年當我準備考碩士班之際，第一次目擊南華大學文學所的考試科目─「二十世紀文學理論」，於是產生一生中第一次的「陌生化」效應。而今，難以置信自己初初完成一篇實用西方理論的論文，我的學術生命已然歧出。

　　就傳統中文系的角度而言，運用新方法，解讀古典詩，其間作法是新穎的；但就整個西方文學思潮的更迭來看，我所使用的理論早已淹沒在上一個世紀的輝煌中。於是，我感覺到自己已被一種擁擠的矛盾包圍，不中不西，不新不舊的面貌，總會招來一些意料的評論。也就是在這種極度壓縮的空間裡，反而有種無限的寬廣，那是一份披荊斬棘之後的小小愉快，與尋找到學術方向的自顧喜悅。文學不分中西，以二者之長，互補其短，再以適當的西方理論，開拓中國古典詩歌新視野，一直是我自許的理想。因此我認為，理論無分新舊，只有合用文本與否。

　　全篇論文原僅九萬字，篇幅雖短，每一字句皆來自夜夜挑燈細讀，巧思安排，以尋找適切之理論基礎，亦使得操作面上具有科學的

資藉。然也由於此乃生平第一次稍具規模的嘗試之作，在理論的實際運用上，或有生硬之處，並且在李白樂府詩的舉證方面，亦嫌不足。儘管 2003 年經歷一次小幅修改，添至十一萬字，而今讀來，仍粗淺鄙陋，羞赧不已，期待在未來更渾熟的歷練與較為充裕的時間下，能不斷增補，臻至完美。

　　畢竟，這篇碩士論文，它僅僅只是一個開端；而我深信，是一個有意義的開端。感謝恩師李正治教授的指導與推薦，也感謝花木蘭出版社為我出版這部八年前(2002)完成的碩士論文。

　　由於碩論篇幅輕巧，故於文後附錄兩篇同時期援用西方理論研析詩歌之小論文，文中除錯字外，未做增刪，以紀念學術生命初芽的那段歲月，以及掙扎的軌跡。

何騏竹　謹識於鳳山陸軍官校

2010 年 11 月 21 日

第一章 緒 論

第一節　問題的緣起

一、研究動機

　　在李白傳於後世的詩歌中，最爲人稱道的莫過於其樂府詩，明高棅《唐詩品彙》云：「李翰林天才縱逸，逸蕩人群，上薄曹劉、下該沈鮑。其樂府古調能使儲光羲、王昌齡失步，高適、岑參絕倒，況其下乎！」〔註1〕，明人胡震亨《唐音癸籤》也云：「太白於樂府最深」，其中亦引錄唐人劉全白〈唐故翰林學士李君碑記〉，說其「尤工古歌」〔註2〕，而所謂古歌就包含了樂府。明胡應麟《詩藪外編》云：「六朝樂府雖靡弱，然尚因仍軌轍，至太白才力絕人，古今詩格於是一大變」〔註3〕。由此可知，李白樂府一掃六朝舊篇，才力迴絕，無人能敵，可說是有唐樂府成就最高的一人，其古題樂府與杜甫的新題樂府被視爲唐樂府之雙璧。

　　李白挾著將復古道，非我其誰的歷史使命，透過自己的創作實踐，恢復古代詩歌的優良傳統。因此，他大量的創作樂府詩，在量方

〔註1〕　（明）高棅編選《唐詩品彙》，臺北：學海出版社，民72，頁47。
〔註2〕　（明）胡震亨《唐音癸籤》〈五言古詩敘目〉卷六，評彙二，臺北：木鐸出版社，民71，頁53-59。
〔註3〕　（明）胡應麟《詩藪外編》，臺北：廣文書局，民62，頁419。

面，樂府詩幾乎佔了他詩歌總和的七分之一，也同時是宋人郭茂倩所輯《樂府詩集》中存詩最多的詩人，而在質方面，李白往往沿用了樂府舊題而擴充新意，其意義之深度遠遠超過樂府古辭與同代詩人同題之作，甚而別開生面，於舊題之下，呈現出新的主題思想，給予後人古題樂府之新風貌。因此，李白樂府詩，就其個人詩作而言，它突出於所作各種文類之上，而就整個樂府詩之發展歷程而言，其成就更是超越前人，故而，李白樂府詩無論在其質或量或精神上而言，皆是值得探討的，也就是說，李白這個名字搭配上樂府詩這樣的詩體，在整個歷時性或共時性的份量上，都是超重的。

　　儘管他是重量級的代表，也必須給予科學化的肯定，究竟，李白樂府詩絕妙在何處，它是以什麼樣的姿態吸引著我們？關於讚美李白樂府詩的文論篇章不計其數，並且直指出其樂府詩中許多不凡之作，略舉幾例作為代表：

　　　　至如〈蜀道難〉等篇，可謂奇之又奇，然自騷人以還，鮮
　　　　有此調也。
　　　　殷璠《河岳英靈集》卷上〔註4〕
　　　　太白古樂府，窈冥惝恍，縱橫變化，極才人之致。然自是
　　　　太白樂府。
　　　　王世貞《藝苑卮言》卷四〔註5〕
　　　　太白《蜀道難》、《遠別離》、《天老吟》等，無首無尾，變
　　　　換錯綜。
　　　　胡應麟《詩藪內篇》〔註6〕
　　　　皆蘊藉吞吐，言短意長。
　　　　趙翼《甌北詩話》卷一〔註7〕

〔註4〕　（唐）殷璠《河岳英靈集》，《文淵閣四庫全書》臺北：臺灣商務印
　　　　　書館，1983年，1332冊，集部271，總集類，頁23下。
〔註5〕　（明）王世貞《藝苑卮言》卷四，收入丁福保《歷代詩話續編》（中）
　　　　　北京：中華書局，1986年，頁1006。
〔註6〕　（明）胡應麟《詩藪‧內篇》，臺北：廣文書局，民62，頁160。
〔註7〕　（清）趙翼《甌北詩話》，臺北：廣文書局，民80，頁40。

論其才，多言其才思過人，故而論其詩之變幻無常，儘管歷代不乏李白樂府詩的評論與讚譽，然而，這些詞語都過於模糊，像「綜橫變換」、「變換錯綜」與「奇之又奇」這樣的批評語詞，根本無法十分具體的說明李白樂府詩過人之處，因此，它們對於探究李白樂府詩的藝術策略而言，是十分不足的。故而，一種新的批評手法的引進與確立，將有助於我們探討中國詩歌的佳妙之處，本文欲藉由西方以「文本」（text）研究爲中心之俄國形式主義文論（Russian Formalist theory）、英美新批評（New Criticism）與符號學（Semiotics）（即結構主義符號學的詩學部分），並參酌中國《文心雕龍》、《詩品》等重要文論著作，建立一套適用於李白樂府詩之藝術結構分析策略，在其語言特徵上找尋其中的文學特質，是本篇論文所欲努力並實現的目標。

二、研究範圍

　　《全唐詩》收錄李白詩九百七十五首，又補遺二十六首，其中樂府詩就佔了一百四十九首。本文所據底本以瞿蛻園等校注之《李白集校注》爲主，此書以清乾隆刊本王琦輯注《李太白文集》爲底本進行校勘，將樂府詩分爲四卷，共收錄李白樂府一百四十九首爲目前公推李白集最好的校注本。另外，詹鍈主編之《李白全集校注彙釋集評》收李白樂府詩一百四十四首，內補充新註，匯集評箋，資料豐富，故而以其作爲釋義上之輔助。本文李白樂府詩之出處引證，大抵以此兩冊集成爲主，另外，李白集的古今注本不少，論析時將斟酌用之。

　　瞿蛻園等校注之《李白集校注》所收李白樂府詩如下，其中有些疑似他人僞作之爭議性作品，爲避免引證上的困擾，將盡量避免納入討論：

序號	詩題	首句	備註
01	遠別離	遠別離，古有皇英二女。	
02	公無渡河	黃河西來決崑崙，咆哮萬裏觸龍門。	
03	蜀道難	噫吁戲！危乎高哉！蜀道之難，難於上青天。	

04	梁甫吟	長嘯梁甫吟，何時見陽春。	
05	烏夜啼	黃雲城邊烏欲棲，歸飛啞啞枝上啼。	
06	烏棲曲	姑蘇臺上烏棲時，吳王宮裏醉西施。	
07	戰城南	去年戰桑乾源，今年戰蔥河道。	
08	將進酒	君不見黃河之水天上來，奔流到海不復迴。	
09	行行且遊獵篇	邊城兒，生年不讀一字書。	
10	飛龍引二首	黃帝鑄鼎於荊山，煉丹砂。	
11		鼎湖流水清且閒，軒轅去時有弓劍。	
12	天馬歌	天馬來出月支窟，背爲虎文龍翼骨。	
13	行路難三首	金樽清酒鬥十千，玉盤珍羞直萬錢。	
14		大道如青天，我獨不得出。	
15		有耳莫洗潁川水，有口莫食首陽蕨。	
16	長相思	長相思，在長安。	
17	上留田行	行至上留田，孤墳何崢嶸。	
18	春日行	深宮高樓入紫清，金作蛟龍盤繡（一作繡作）楹。	
19	前有樽酒行二首	春風東來忽相過，金樽淥酒生微波。	
20		琴奏龍門之綠桐，玉壺美酒清若空。	
21	夜坐吟	冬夜夜寒覺夜長，沈吟久坐坐北堂。	
22	野田黃雀行	遊莫逐炎洲翠，棲莫近吳宮燕。	
23	筭簶謠	攀天莫登龍，走山莫騎虎。	
24	雉朝飛	麥隴青青三月時，白雉朝飛挾兩雌。	
25	上雲樂	金天之西，白日所沒。	
26	夷則格上白鳩拂舞辭	鏗鳴鐘，考朗鼓。	
27	日出入行	日出東方隈，似從地底來。	
28	胡無人	嚴風吹霜海草凋，筋幹精堅胡馬驕。	
29	北風行	燭龍棲寒門，光曜猶旦開。	
30	俠客行	趙客縵胡纓，吳鉤霜雪明。	
31	關山月	明月出天山，蒼茫雲海間。	
32	獨漉篇	獨漉水中泥，水濁不見月。	
33	登高丘而望遠海	登高丘，望遠海。	
34	陽春歌	長安白日照春空，綠楊結煙垂嫋風。	
35	楊叛兒	君歌楊叛兒，妾勸新豐酒。	

36	雙燕離	雙燕復雙燕，雙飛令人羨。	
37	山人勸酒	蒼蒼雲松，落落綺皓。	
38	於闐採花	於闐採花人，自言花相似。	
39	鞠歌行	玉不自言如桃李，魚目笑之下和恥。	
40	幽澗泉	拂彼白石，彈吾素琴。	
41	王昭君二首	漢家秦地月，流影照（一作送）明妃。	
42		昭君拂玉鞍，上馬啼紅頰。	
43	中山孺子妾歌	中山孺子妾，特以色見珍。	
44	荊州歌	白帝城邊足風波，瞿塘五月誰敢過。	
45	設避邪伎鼓吹稚子班曲辭	辟邪伎作鼓吹驚，雉子班之奏曲成。	
46	相逢行	相逢紅塵內，高揖黃金鞭。	
47	古有所思	我思仙（一作佳）人乃在碧海之東隅，海寒多天風。	
48	久別離	別來幾春未還家，玉窗五見櫻桃花。	
49	白頭吟二首	錦水東北流，波蕩雙鴛鴦。	
50		錦水東北碧，波蕩雙鴛鴦。	
51	採蓮曲	若耶谿傍採蓮女，笑隔荷花共人語。	
52	臨江王節士歌	洞庭白波木葉稀，燕鴻始入吳雲飛。	
53	司馬將軍歌	狂風吹古月，竊弄章華臺。	
54	君道曲	大君若天覆，廣運無不至。	
55	結襪子	燕南壯士吳門豪，築中置鉛魚隱刀。	
56	結客少年場行	紫燕黃金瞳，啾啾（一作稜稜）搖綠。	
57	長幹行二首	妾髮初覆額，折花門前劇。	
58		憶妾（一作昔）深閨裏，煙塵不曾識。	
59	古朗月行	小時不識月，呼作白玉盤。	
60	上之回	三十六離宮，樓臺與天通。	
61	獨不見	白馬誰家子，黃龍邊塞兒。	
62	白紵辭三首	揚清歌（一作音），發皓齒。	
63		月寒江清夜沈沈，美人一笑千黃金。	
64		吳刀剪綵（一作綺）縫舞衣，明妝麗服奪春暉。	
65	鳴雁行	胡雁鳴，辭燕山。	
66	妾薄命	漢帝寵（一作重）阿嬌，貯之黃金屋。	
67	幽州胡馬客歌	幽州胡馬客，綠眼虎皮冠。	
68	門有馬車客行	門有車馬賓（一作客），金鞍曜朱輪。	

69	君子有所思行	紫閣連終南，青冥天倪色。	
70	東海有勇婦	梁山感杞妻，慟哭為之傾。	
71	黃葛篇	黃葛生洛溪，黃花自綿冪。	
72	白馬篇	龍馬花雪毛，金鞍五陵豪。	
73	鳳笙篇	仙人十五愛吹笙，學得崑丘彩鳳鳴。	
74	怨歌行	十五入漢宮，花顏笑春紅。	
75		五月天山雪，無花祇有寒。	
76		天兵下北荒，胡馬欲南飲。	
77	塞下曲六首	駿馬似（一作如）風飆，鳴鞭出渭橋。	
78	塞下曲六首	白馬黃金塞，雲砂遶夢思。	
79		塞虜乘秋下，天兵出漢家。	
80		烽火動沙漠，連照甘泉雲。	
81	來日大難	來日一身，攜糧負薪。	
82	塞上曲	大漢無中策，匈奴犯渭橋。	
83	玉階怨	玉階生白露，夜久侵羅襪。	
84		襄陽行樂處，歌舞白銅鞮。	
85		山公醉酒時，酩酊高（一作襄）陽下。	
86	襄陽曲四首	峴山臨漢江，水綠沙如雪（一作水色如霜雪）。	
87		且醉習家池，莫看墮淚碑。	
88	大堤曲	漢水臨（一作橫）襄陽，花開大堤暖。	
89		小小生金屋，盈盈在紫微。	
90		柳色黃金嫩，梨花白雪香。	
91		盧橘為秦樹，蒲萄出漢宮。	
92	宮中行樂詞八首	玉樹（一作殿）春歸日（一作好），金宮樂事多。	
93		繡戶香風暖，紗窗曙色新。	
94		今日明光裏，還須結伴遊。	
95		寒雪梅中盡，春風柳上歸。	
96		水綠南薰殿，花紅北闕樓。	
97		雲想衣裳花想容，春風拂檻露華濃。	
98	清平調詞三首	枝穠（一作紅）豔露凝香，雲雨巫山枉斷腸。	
99		名花傾國兩相歡，長得君王帶笑看。	
100	鼓吹入朝曲	金陵控海浦，淥水帶吳京。	
101	秦女休行	西門秦氏女，秀色如瓊花。	

102	秦女卷衣	天子居未央，妾侍（一作來）卷衣裳。	
103	東武吟	好古笑流俗，素聞賢達風。	
104	邯鄲才人嫁爲廝養卒婦	妾本崇（一作叢）臺女，揚蛾入丹闕。	
105	出自薊北門行	虜陣橫北荒，胡星耀精芒。	
106	洛陽陌	白玉誰家郎，回車渡天津。	
107	北上行	北上何所苦，北上緣太行。	
108	短歌行	白日何短短，百年苦易滿。	
109	空城雀	嗷嗷空城雀，身計何戚促。	
110	菩薩蠻	平林漠漠煙如織，寒山一帶傷心碧。	兩宋本、繆本俱無此篇
111	憶秦娥	簫聲咽，秦娥夢斷秦樓月。	兩宋本、繆本俱無此篇
112	發白馬	將軍發白馬，旌節度黃河。	
113	陌上桑	美女渭橋東（一作湘綺衣），春還事蠶作。	
114	枯魚過河泣	白龍改常服，偶被豫且制。	
115	丁都護歌	雲陽上征去，兩岸饒商賈。	
116	相逢行	朝騎五花馬，謁帝出銀臺。	
117	千里思	李陵沒胡沙，蘇武還漢家。	
118	樹中草	鳥銜野田草，誤入枯桑裏。	
119	君馬黃	君馬黃，我馬白。	
120	擬古	融融白玉輝，映我青蛾眉。	
121	折楊柳	垂楊拂綠水，搖豔東風年。	
122	少年子	青雲年少子，挾彈章臺左。	
123	紫騮馬	紫騮行且嘶，雙翻碧玉蹄。	
124	少年行二首	擊築飲美酒，劍歌易水湄。	
125		五陵年少金市東，銀鞍白馬度春風。	
126	白鼻騧	銀鞍白鼻騧，綠地障泥錦。	
127	豫章行	胡風吹代馬，北擁魯陽關。	
128	沐浴子	沐芳莫彈冠，浴蘭莫振衣。	
129	高句驪	金花折風帽，白馬小遲回。	
130	靜夜思	床前看月光，疑是地上霜。	
131	淥水曲	淥水明秋月，南湖採白蘋。	
132	鳳凰曲	嬴女吹玉蕭，吟弄天上春。	
133	鳳台曲	嘗聞秦帝女，傳得鳳凰聲。	
134	從軍行	從軍玉門道，逐虜金微山。	
135	秋思	春陽如昨日，碧樹鳴黃鸝。	

136	春思	燕草如碧絲，秦桑低綠枝。	
137	秋思	燕支黃葉落，妾望自登臺。	
138	子夜吳歌四首	秦地羅敷女，採桑綠水邊。	
139		鏡湖三百里，菡萏發荷花。	
140		長安一片月，萬戶擣衣聲。	
141		明朝驛使發，一夜絮征袍。	
142	對酒行	松子棲金華，安期入蓬海。	
143	估客行	海客乘天風，將船遠行役。	
144	擣衣篇	閨裏佳人年十餘，顣蛾對影恨離居。	
145	少年行	君不見淮南少年游俠客，白日毬獵夜擁擲。	此詩嚴粲雲是偽作
146	長歌行	桃李待日開，榮華照當年。	
147	長相思	日色已盡花含煙，月明欲素愁不眠。	
148	猛虎行	朝作猛虎行，暮作猛虎吟。	此詩蕭士贇雲是偽作
149	去婦詞	古來有棄婦，棄婦有歸處。	一作顧況詩

第二節　以往研究的檢討

　　關於李白的研究，不論古之前賢或今之學者不斷在此探究考據，已出版的專書與文論不知凡幾，前賢的研究成果對後學者再擷取與研判資料上提供了極大之便利，尤其關於李白樂府詩本身的集評釋義或考證方面，已出現非常精密的資料彙編，在這方面包含有瞿蛻園、朱金城《李白集校注》與詹鍈《李白全集校注匯釋集評》，安旗《李白全集編年註釋》等等。另外，關於詩人生平背景部分，例如，李白生卒年問題、出生地問題、入長安的時間與次數問題、歸蜀問題等等，任何關於李白一生行動之繫年皆包含於此，而這些均是在傳統研究路子上的發展與貢獻，可謂李白樂府詩奠基之研究。再而，還有李白藝術風格與思想的探討問題，大談李白詩歌之藝術特色、形象與成就，在這方面有施逢雨《李白詩的藝術成就》、房日晰《李白詩歌藝術論》、葛景春《李白思想藝術探驪》、王瑤〈李白詩歌的藝術成就〉、王尙文〈李白詩中的一些藝術形象〉等等，他們或從李白飛揚之生命情調出發，或從美學角度著眼，對於李白的思想藝術的概括力進行深入之研

究。而針對作品分類研究，李白詩更是包羅廣泛，凡抒情、寫景、狀物、詠人、言事等等，皆是李白詩所涉及到的範疇，於是關於李白「月亮」、「婦女」、「詩酒」形象的研究在質與量方面，已有極高的成就。另外在分類作品方面，李白詩歌尤以樂府、古體、絕句見長，故而在此研究領域，有針對單篇作品的藝術探驪，或考證，或詩體本身發展歷程等等之研究，所著精闢且繁多。最後，就是關於李白詩歌在文學批評史上的境況，尤其是其中與杜詩間的優劣評比，在這方面，有楊文雄《李白詩歌接受史》，此書援用西方接受美學思想，探討李白在文學史中歷代解讀過程中的效果與影響，意義非凡。

　　而此種種，從作者研究、環境研究、作品考證至藝術思想，從文學「外部批評」範疇至「內部批評」，而儘管碰觸到李白詩歌內部藝術批評部分，也往往是夾雜著「文化審美」和「人格審美」，〔註 8〕鮮少進行純粹的藝術評價；至於，傳統批評研究中所謂文學「內部批評」的部分，許多研究者不免將研究範圍鎖定於語言修辭技巧方面，從而談論李白詩歌藝術技巧中的誇飾、比喻、類疊、對偶等等，從這方面談論李白樂府詩的論文如：1987 年黃淑娥香港珠海學院中研所碩士論文〈李白樂府詩之修辭研究〉，1987 年東吳大學張榮基中國文學研究所碩士論文〈李白樂府詩之研究〉等等，這些論著固然有其特定的價值，但是，如果真正要探究李白樂府詩內部文本的價值，僅僅進行修辭技巧的研究是不足夠的，一種對於詩歌本質性的重視，是必定要被喚起，透過對於詩歌內部本質之重視，找尋李白樂府詩之所以吸引人的文學素質，或者更為基本性地說——是探究李白樂府詩之所以成為詩的文學基型，且又以系統化邏輯性的方式進行分析，目前而言，可說仍是一片開發未全的地帶。

　　當然，關於引用西方本體論批評分析詩歌的作法，學界已廣泛使用，所謂本體論批評，也就是本文以下所要使用之「俄國形式主義」、

〔註 8〕朱金城、朱易安《李白的價值重估》，臺北：文史哲出版社，1996 年，頁 34-36。

「英美新批評」、「文學符號學」（結構主義符號學）三種，其中俄國
形式主義之「陌生化」原理，已廣泛被學界所接受，而另外兩種理論，
如收錄自顏元叔先生所著之《顏元叔自選集》其中之一篇章〈中國古
典詩歌的多義性〉，就是借用新批評理論之「複義性」來剖析樂府詩
〈自君之出矣〉，葉嘉瑩先生所著之《迦陵談詩》等書中些篇章，亦
運用「複義性」以解析詩歌，張淑香先生《李義山詩析論》一書，其
中一個章節也借用了英美新批評理論分析李商隱詩，另外，楊文雄先
生之《李賀詩研究》亦是使用新批評手法進行精彩的論述，而大陸學
者周裕鍇所著《宋代詩學通論》亦援引「張力」與「語境」等新批評
理論進行詩學分析。此外，符號學大師雅各森之「對等原理」也常被
用於解析中國古典詩歌，如高友工、梅祖麟合著之〈唐詩語意研究：
隱喻與典故〉與簡政珍所書〈隱喻及換喻——以唐詩為例〉等等；而
真正使用新批評手法，觸及至李白詩之研究，呂興昌先生之碩士論文
〈李白詩研究〉早於 1973 年為此拉開序幕。然而，儘管這些篇章與
著作並非全然直接針對李白樂府詩之探討，但是其獨到之見解與大膽
又適切的理論援用，在精神與實質上皆給予筆者極大的啟發與信心，
對於本文的研究，有很大的助益

第三節　研究方法的檢討

　　本文所採用的研究方法為「俄國形式主義」、「英美新批評」與「文
學符號學」，至於採用之原因，我將分為以下幾點說明：

一、強調文本批評與文學性

　　首先，先來看出自於美國康乃爾大學英語系教授 M・H・艾布拉
姆斯，在其所著《鏡與燈》中的一段話：

> 每一件藝術作品總要涉及四個要點，幾乎所有力求周密的
> 理論總會在大體上對於這四個要素加以區辨，使人一目了
> 然。第一個要素是作品，即藝術產品本身。由於作品是人

爲的產品，所以第二個共同要素便是生產者，即藝術家。
第三，一般認爲作品總得有一個直接或間接導源於現實事
物的主題——總會涉及、表現、反映某種客觀狀態或者與
此有關的東西。這第三個要素便可以認爲是由人物和行
動、思想和情感、物質和事件或者超越感覺的本質所構成，
常常用「自然」這個通用詞來表示，我們不妨換一個含意
更廣的中性詞——世界。最後一個要素是欣賞者，即聽眾、
觀眾、讀者。作品爲他們而寫，或至少會引起他們的關注。
〔註9〕

儘管所有的理論都或多或少考慮到這四個要素，然而我們可以看到，
幾乎所有的理論都只明顯地傾向一個要素，而俄國形式主義、英美新
批評與文學符號學理論，均是偏重於「作品」，也就是「文本」這項
要素。〔註10〕而這些理論之所以會偏重文本因素，也是對當時的現實
文藝環境及批評的主導範式之反動，在十九世紀末二十世紀初，受到
歐洲學術環境的影響，文學淪爲各種學科的附庸，當時文學批評的主
導範式是傳記批評與歷史批評，一擬醫學解剖，一擬生物學研究，均
聲稱其批評的科學性，卻喪失了文學自身。因此，俄國形式主義者才
想要通過一種理論的實踐，企圖找回文學自身，維・什克洛夫斯基
（V・Shklovsky）之提出「陌生化」原理（defamiliarization），就是
在這種情況下催生的；所謂「陌生化」原理，即文學作品自身的一種
創造性原則，而這種創造性原則是文學生命賴以延續的基本條件，舉
凡歷時性的文學體裁之轉變，或者共時性的文學作品存在之價值，都
服膺在「陌生化」這個統合的基本原則之下，這是俄國形式主義文論
之於文學作品最大的貢獻，他將文學所應具備的基本特性與文學生命

〔註9〕M・H・艾布拉姆斯著，酈程牛、張照進、童慶生譯《鏡與燈》，北
　　　　京：北京大學出版社，1989年，頁5。
〔註10〕以「作品」（work）爲中心的批評走向，在二十世紀前半葉由俄國形
　　　　式主義及英美新批評開出，但由於作品容易引發與作者間的聯想，
　　　　二十世紀後半葉改稱之爲「文本」（text），企圖徹底斬斷與作者的關
　　　　連，充分落實文學本體的關注，這是由結構主義一路所影響的，至
　　　　今，「文本」已是批評的習慣用語。

所賴以延續的首要條件，用一個原則給說明白了；而「陌生化」的完成，或許藉由技巧，或許藉由句法的創新，目的即在於突破習慣性思維，於是在具體方案方面，他們提出韻律、節奏與語意的三大違背，為的就是要給人耳目一新的新感官效果，使其具備文學作品應有的基本特質，因此，用一句最簡單的話說：「文學語言不僅『製造』陌生感，而且它本身就是陌生的」〔註11〕。

俄國形式主義尚且強調的是文學立身的根本，即「陌生化」原理，重點在於突出文學作品與非文學作品間的差異性，突出文學作品應有的基型，在這方面，新批評也殊途同歸，著重探討文學的獨特性，只是新批評文論家用不同的名詞表達罷了。燕卜蓀（William Empson）的「複義性」（Ambiguity）、布魯克斯（Cleanth Brooks）的「反諷」（irony）與矛盾語（paradox），還有愛倫退特（Allen Tate）的「張力」說（tension）等等，他們都不約而同的將這些理論提高到文學本質的層次，認為其中的每一項本身均可代表文學的特異性，所不同者，即是這些探討更接近文學作品的文字本身，從文字內部的突破、變化去追尋作品本身的價值和意義。

1960 年代以後的文學符號學（結構主義符號學），繼續發展了俄國形式主義理論中所缺漏的語言學部分，並且在結構上健全了俄國形式主義的「陌生化」理論，如果我們同意什克洛夫斯基對於文學本質所闡述的「陌生化」原理，那麼，我們就能接受符號學大師雅各森的理論，「文學研究的主題不是作為總體的文學，而是「文學性」（literariness），亦即使特定的作品成為文學作品的東西」。而「文學性」是建構在符號傳達過程中，「能指」（signifier）不順利的指向「所指」（signified），而指向符號自身，換作雅各森的話，就是「能指的自指性」，這種說法同形式主義一般，強調著文學的特異性，同樣是對文學本質的反思，在文字意義上，必須系統性的破壞「能指」和「所

〔註11〕T‧霍克斯原著，陳永寬譯《結構主義與符號學》，臺北：南方叢書出版社，民 78，頁 58。

指」間的任何「自然的」或「明顯的」聯繫；〔註12〕而在語言結構上，雅各森同時發展了「雙軸理論」，即「詩歌原理就是由選擇軸投射到組合軸中」，於是憑藉兩軸相互影響之靈活關係，可以分析出詩歌語言在兩者互爲影響下所產生之「文學性」。

　　綜觀以上三種理論，可以發現他們彼此共同的特色，皆在於擺落所有非文學的因素，盡量從文學的自身標準來檢驗自身，並且它們「可以適切的提高讀者閱讀文學作品的能力——也就是說，對作品裡屬於『文學的』或『藝術的』素質特別注意」〔註13〕，藉由這種理論之基本特色，我們可以進行文學的科學性研究，而這種研究，大異於以往研究李白樂府詩所用的基本概念與切入角度，就如同俄國形式主義者所認爲的，文學往往成爲其他學科的附庸，而非文學自身，所以才要返回文學自身，如此去找尋他的價值，才是價值的眞意。

　　由於這些理論及方法的指引，使筆者也想回到李白樂府詩本身，從文本自身探究其中的價值與意義。透過「陌生化」原理與「文學性」，先爲李白樂府詩之文學本質找到切入點，進而考察李白如何重新建構一般人對於現實事物的普通感覺，轉而爲一種新鮮的、生氣盎然的展現，他古辭新作，如何在舊有的題材上，以新的手法，創造新的感知，因此，使人感覺其詩歌本身就是一場活的「陌生化」運動，在一次又一次的文學高潮之後，完成了文學本質的確立。

　　除此之外，符號學的結構部分，也能幫助我們對於李白樂府詩中較爲口語化的詩歌，進行瞭解。如果以來源而區分李白樂府詩的話，大概可分爲由古辭樂府而來與從吳歌西曲而來的，而吳歌西曲部分，因爲來自民間，因此，在語言的表達上，難免呈現口語化現象，在符號發送過程上，這些詩歌看似從「能指」迅速的奔向「所指」，用詞上十分口語，如「小時不識月，呼作白玉盤，又疑瑤台鏡，飛向青雲

〔註12〕Ｔ・霍克斯原著，陳永寬譯《結構主義與符號學》，頁58。

〔註13〕佛克馬、蟻布思〈俄國形式主義理論評述〉，收入周英雄、鄭樹森合編《結構主義的理論與實踐》，臺北：黎明文化事業公司，民69，頁21-22。

端」〈古朗月行〉，又如「床前明月光，疑似地上霜，舉頭望明月，低頭思故鄉」〈靜夜思〉，語言淺白如話，似無特色。然而，此時藉由符號學結構的雙軸概念，可以透視出詩歌內部結構上的靈活繁複之美，而這種結構的發現在李白詩歌文本中具有關鍵地位，亦標誌著文學本質的確立。

再則，由英美新批評文論切入，也是另一重要新視角，他們對於詩歌本質的確立，是藉由多種語言文字上的技巧，這對於實際批評而言是有利的，因爲它更能貼近文本內在；畢竟，從文字上直接去追尋文本的價值是最爲簡便且直接的方式。此外，最重要的是，新批評家很喜愛使用兩個相反的意思，去擠壓出第三種意義，也就是喜歡正話反說，而這種用法有兩種好處，首先是意義的多元解釋，還有就是構成文字間緊張的關係，然而，這種手法，卻恰恰是李白某些關於諷刺或是抒發懷才不遇的詩歌中，用得十分淋漓盡致的，因此，在這一部份中，理論與對象間的關係是很緊密的。

故而，本論文在方法上所採用的資源，將網羅形式主義文論，即俄國形式主義、英美新批評與文學符號學（結構主義符號學），統合爲一嚴密的文學理論架構，透過同是文本批評，探究詩歌自身本質性的價值意義，但又分別從視覺新鮮感、多層意義與結構三個角度剖析李白樂府詩的「文學性」，進行一場對於李白樂府詩文之文學本質的反思。

二、以西方文論的邏輯性補中國形象性批評之不足

這是幾乎所有使用此方法論的人將會遇到的質疑，難免有人會懷疑我們是否僅是單純的以西方理論去套中國文學創作，所圖的就是其新鮮感，我想這是有極大的反駁空間的。

在本文所使用的三種理論中，皆是屬於關注文本內部的形式批評，而談到形式主義方面的文論，中國方面就必須以魏晉南北朝時期對舉，當時關於形式與反形式的文學思想論爭，甚囂塵上，標誌著重

視形式主義的聲音，首次大規模的走入中國文學理論的殿堂。關於當
下文學理論的主張，大體可分爲三類，一爲絕對的反對形式所帶來的
華靡文風，以裴子野《雕蟲論》爲代表，他以宗經的觀念出發，強調
「止乎禮儀」的風雅精神，因此嚴格說來，他的言論仍是扣著內容方
面立說，說明踵事增華的形式實在有害於「勸美懲惡」的儒家精神；〔註
14〕與他相對立的即是以蕭綱爲代表的形式派，他們強調性情，強調新
變，強調文學的形式美，不受儒家思想束縛，但是也著重鼓吹形式上
的雕繪藻飾之美，以對立質樸清眞之美，至於應具備哪些形式上的規
則，才是篇什之美，卻立論不足；最後爲折衷一類，以劉勰、蕭統、
鍾嶸爲代表，強調內容與形式的主從關係，既要辭采華美，也需情感
眞實，而此派居於主流地位，南朝成就較高的文論家大都屬這一派。

　　總結而論，魏晉南北朝時期，是一次概念的全面革新與認識，許
多文論家開展了文學新的視野、準則與尺度，在這種時代特質下，提
供了我們關於形式主義的三個線索，其一，文論家開始肯定形式美之
於文章的重要性，〔註 15〕其二，肯定麗辭華藻隨之而來的，就是與傳
統對抗，形成形式與內容主從關係，或是兩者只能擇一的爭辯，因此
或多或少肯定形式美的文論家們，必須花許多的精神氣力去強調儘管
重視形式，但仍然不忘儒家質文並重的基源問題，於是分散了專門對
於文本形式內部的考察，〔註 16〕在這種情況下，歸結出第三點，即細

〔註14〕形式主義的反對聲浪，多亦究其內容而言，如裴子野《雕蟲論》云：
　　　　「既行四方之風，且張君子之志，勸美懲惡，王化本焉」，「深心主
　　　　卉木，遠致極風雲」等等，《雕蟲論》本身眞正觸及到形式方面的部
　　　　分，較爲重要的僅是：「巧而不要，隱而不深」，但也只是概論，重
　　　　點還是在於什麼樣的內容有礙儒家風雅之化。
〔註15〕從漢賦起，特意講求形式美的理論開始出現，如楊雄云：「詩人之賦
　　　　麗以則，辭人之賦麗以淫，」兩種都強調「麗」的表現。而後進入魏
　　　　晉南北朝時期，曹丕《典論・論文》說：「詩賦欲麗」，陸機〈文賦〉
　　　　云：「其遣言也貴妍」，蕭統《文選序》也將「綜輯辭采，錯比文華」，
　　　　「事出於沉思，義歸乎翰藻」列爲選文的標準，其中「麗」、「妍」、「辭
　　　　采」、「文華」、「翰藻」，就標誌著文論家開始注重文章形式美。
〔註16〕如陸機〈文賦〉：「其會意也尚巧，其遣言也貴妍」，《文心雕龍・宗

究其談論形式主義之文論本身，多僅觸及到一篇好文章所應具備的條件，雖然提及一定需要美麗的辭藻與修練辭句的功夫，然而麗辭華藻的構成需要什麼樣的文學結構，需要下什麼樣的功夫，卻沒有說得十分清楚。

舉例說明，如蕭繹〈金樓子·立言篇〉：「至於文者，須綺縠紛披，宮徵靡曼，唇吻遒會，情靈搖蕩」；〔註17〕劉勰《文心雕龍·宗經》：「雕琢情性，組織辭令」，〔註18〕至於要如何雕琢、如何組織，中國文論所重視的多為內蘊的構思、物感，關於尋找語言結構上的文學特徵，就必須從西方泛形式主義文論中補足了；我以複義性為例，中國文論也不乏談論複義的言論，如《文心雕龍·隱秀篇》：「隱以複義為工」，〔註19〕那麼，「隱」是什麼呢？於是他說：「隱也者，文外之重旨者也」，然而，劉勰僅點到為止，並沒有專門論述詩歌多義性的問題，更沒有將其視為詩歌藝術的一門獨立範疇來看。

因此，對於多義性的深入研究，就必須仰賴西方隨著語義學建立而展開的一連串理論，新批評大將威廉·燕卜蓀於 1930 年出版一本新書，書名為《複義七型》，將同一詩的詩意之不同的理解，找出七種原因，歸納七種類型，並進行具體分析；除此之外，新批評學派還提出「含混」、「反諷」、「矛盾語」、「張力」等，這些被稱為詩的語言

經》：「雕琢情性，組織辭令」，揭示文與質的統一；而談論到內容的重要性，往往扣緊是否具有感物興情的真感情，只有在純粹宗經，較為極端的文論家眼中，內容才變成志與情的析離對立。此外，在這種文質彬彬的基礎下，進行文與質消長的對談，並無好壞之別，這也是中國文論在儒家文化下，根深蒂固的思考模式，於是當西方文論一股腦的專注於文本內部形式探究時，中國文論家必須先從形式的外緣問題，也就是與內容間的關係，然後才慢慢進入到內部形式規則的探究。

〔註17〕 郭紹虞《中國歷代文學論著精選》（上），臺北：華正書局，民80，頁301。

〔註18〕 （梁）劉勰著，周振甫注《文心雕龍注釋》，臺北：里仁書局，民87，頁31。

〔註19〕 （梁）劉勰著，周振甫注《文心雕龍注釋》，頁739。

結構的名詞，清楚地告訴批評家詩歌（或文學）該具備哪些語言條件，什克洛夫斯基的「陌生化」與雅各森的「文學性」就是這些語言條件統合的名詞，藉著西方較爲科學性、邏輯性的統合立論，進入眞正的具體的形式主義批評系統。

　　然而，這並沒有好壞之別，只是中西文論在本質上之相異處，本文只是針對需要所選擇適當的方法論加以運用。且中國文論在形式上亦有其卓越的成就，尤其在魏晉南北朝時期更是一項質的飛越，其中在文學與非文學的鑒別性方面，與「賦比興」三義對於文學創作內涵的貢獻，還有體大思精的《文心雕龍》、《詩品》也間或談及形式創作問題的手法，雖然沒有像西方一般，成爲一門獨立的學說專門立論，陳述其形式結構，我們仍就能由章句片語中探求其中奧妙。

　　此外，歷代中國批評家、文論家對於李白詩歌的讚美、評判，說其「奇」，又好說其「天才」，如唐錢起〈江行無題〉：「筆端降太白，才大語終奇」〔註20〕，唐範傳正於〈唐左拾遺翰林學士李公新墓碑並序〉說他：「瑰奇宏廓，拔俗無類」〔註21〕，唐元稹〈唐故工部員外郎杜君墓係銘〉稱其「以奇文取稱」〔註22〕，這些都是「就李白以才賦詩的異乎尋常，不同凡響而言」〔註23〕，李白具有不同凡響的藝術天才，語言間時而大膽飄逸，時而奇特誇張，詩歌間展現的是多樣風貌，於是時人、後人往往以天才論之，覺得那不是人間應有的稟賦，於是，李白被神話了，不僅是他的人，也包含了他的詩歌，如唐李陽冰在〈唐李翰林草堂集序〉說其：「其言多天仙之辭」〔註24〕，杜甫於〈寄李十

〔註20〕（清）清聖祖御定《全唐詩》第四冊，卷兩百三十九，臺北：文史哲出版社，民 76，頁 2682。

〔註21〕詹鍈主編《李白全集校注彙釋集評》卷一，天津：百花洲文藝出版社，1996 年，頁 11。

〔註22〕周紹良主編《全唐文新編》卷六百五十四，四川：吉林文史哲出版社，2000 年，頁 7387。

〔註23〕楊文雄《李白詩歌接受史》，臺北：五南圖書出版公司，民 89，頁 45。

〔註24〕周紹良主編《全唐文新編》卷四百三十七，頁 5094。

二白二十韻〉亦稱李白詩「筆落驚風雨，詩成泣鬼神」〔註25〕，任華說：「或醉中操紙，或興來走筆，手下忽然片雲飛」〔註26〕，他們讚美李白寫詩風姿的同時，也讚嘆了他表現於「創作的奇思構想、奇特誇張和奇異意蘊」。〔註27〕但是，極爲可惜的是，這些讚嘆並沒有眞正講清楚李白的詩歌特色，「奇」、「逸」、「天才」，或其他的說法，這些字詞本身究竟包含了什麼樣具體的形式內容，中國批評家並沒有系統且清楚的說明，並在分析上提供具體有效的批評原理，於是借用西方科學性的內在批評原理，剖析李白樂府詩，找出這些形象性批評話語的具象風貌，以建構李白樂府詩歌科學性的研究，當是一條值得嘗試的新道路。

三、文學本質論的思考

所謂「樂府」，本指音樂的官府，爲西漢時期朝廷所設置的官署名稱。葉慶炳先生在《中國文學史》一書中談到樂府之創始，提出兩個說法，一是創始於武帝之前；一爲創始於武帝之世，而葉先生本身是較偏向後者，然而，不論何種說法，漢武帝時期都是建立或擴充樂府官制的重要關鍵。

> 至武帝定郊祀之禮。……乃立樂府，采詩夜誦，有趙、代、秦、楚之謳。以李延年爲協律都尉，多舉司馬相如等數十人造爲詩賦，略論律呂，以合八音之調，作十九章之歌。(《漢書‧禮樂志》) 〔註28〕
> 自孝武立樂府而采歌謠，於是有代、趙之謳，秦楚之風。皆感於哀樂，緣事而發，亦可觀風俗知薄厚云。(《漢書‧藝文志》) 〔註29〕

〔註25〕 （清）清聖祖御定《全唐詩》第四冊，卷兩百二十五，頁 2430。
〔註26〕 （清）清聖祖御定《全唐詩》第八冊，卷兩百八十一，頁 2902。
〔註27〕 楊文雄《李白詩歌接受史》，頁 46。
〔註28〕 （漢）班固《漢書》，卷二十二，〈禮樂志第二〉，臺北：鼎文書局，1997 年，頁 1045。
〔註29〕 （漢）班固《漢書》，卷三十，〈藝文志第十〉，頁 1756。

由以上兩段引文，告訴我們幾個訊息。首先，樂府官有兩項主要的工作，一是「采詩夜誦」，一是「造為詩賦，以合八音之調」，其次，樂府的來源有一部分是來自民間歌謠，採集之後，將其入樂，用於郊祀之禮；而漢樂府詩中，對後世影響較深的且具文學價值者，多半是來自民間的歌謠，既是來自民間，因此在其藝術特色上，多口語化且質樸的歌辭，淺顯易懂的言語中包含著深遠的情感，誠如胡應麟云：

> 漢樂府歌謠，采摭閭閻，非由潤色，然而質而不俚，淺而
> 能深，近而能遠，天下至文，靡已過之。……矢口成言，
> 絕無文飾，故渾樸真摯，獨擅古今。（《詩藪・內篇》）〔註30〕

這段話道出漢樂府的藝術特色，由於采自民間，所以多是未經雕飾，質樸但不俚俗的口語，因此，「非由潤色」恰恰就是漢樂府詩的藝術特色；而當漢樂府流傳至唐朝，唐朝文人大量以樂府舊題創作新辭，以活的語言同新的意境活化漢代樂府，胡適《白話文學史》就稱唐朝為樂府新辭的時代，他說：

> 在這個音樂發達而俗歌盛行的時代，高才的文人運用他們
> 的天才，作為樂府歌詞，採用現成的聲調或通行的歌題，
> 而加入他們個人的思想與意境。〔註31〕

另外，再來觀察李白樂府詩歌的語言特色，李白個性狂放不羈，不拘小節，元稹說他「狀浪縱姿，擺去拘束，模寫物象」〔註32〕，嚴羽亦言其「天才豪逸，語多率然而成者」〔註33〕，所以他是「楚狂人」、是「天上謫仙」，本難與世間之繁瑣外在形式交涉，如此性格的自在風采展現於文學語言之上，自是巧巧妙妙的寫出了有如「清水出芙蓉，天然去雕飾」的詩歌作品。再而，李白的詩歌創作原則，基本上與陳子昂的復古革新一派相承，他的《古風・大雅》詩中有言：「自

〔註30〕（明）胡應麟《詩藪・內篇》，頁160。

〔註31〕胡適《白話文學史》〈上卷・第二編（唐朝）〉，臺北：遠流出版/時報文化總經銷，1986年，頁38。

〔註32〕周紹良主編《全唐文新編》卷六百五十四，頁7387。

〔註33〕（宋）嚴羽著《滄浪詩話》〈詩評〉，臺北：金楓出版社，1988年，頁88。

從建安來，綺麗不足珍」〔註34〕，他高舉著恢復建安以來樸質的詩風，擺落齊、梁以降片面追求形式之美的靡靡之音；而他自己同時也理論與創作合一，許多樂府詩歌生動地展現了語言質樸之美，胡適《白話文學史》說他以「清真」救「綺麗」〔註35〕，劉大杰《中國文學發展史》亦說其樂府詩：「能大膽的運用民間的語言，容納民歌風格，很少雕飾，最近自然」〔註36〕，這些評價都在在說明且強調李白樂府詩自然無飾的語言風格。

誠如上述，漢樂府成為「天下至文」的特色，就在於「非由潤色」，而「潤色」到底是指什麼？是指渾然天成，不含任何藝術手法嗎？而「綺麗」又是指什麼呢？事實上，根據中國歷代文評家、詩評家所言，也沒有說清楚所謂「潤色」、「綺麗」真正的意涵是什麼，我們只能從文論中大概體會出是一種雕繪藻飾，而因為太過於重視文字上的雕琢，所以詩歌中的真實感情受到掩蓋，因此才要洗盡鉛華，還給詩歌情感上的活動空間；至於所謂麗辭華藻是以什麼樣的姿態呈現，魏晉南北朝時期的文論家並沒有很明確的說明。

然而，樂府詩與李白樂府詩這樣的語言特徵是否與本文主題「文學性」相牴觸呢？根據雅各森的說法，在符號中符號與對象間的關係是對立緊張的，即能指到所指間的路途必須崎嶇蜿蜒，甚至要難以達到所指，盡可能將讀者的目光鎖於「能指」間徘徊，這才是「文學性」行為的產生，依照雅各森的話說，這就是「能指的自指性」，而其中造成所謂崎嶇蜿蜒的路途，就有待使用某種藝術策略達致；於是，在這種情況下，俄國形式主義與文學符號學所提出的具體文學手法，多是為了要完成「能指的自指性」，而英美新批評的「複義」、「反諷」、「矛盾語」、「張力說」等等，亦是如此，雖然他們本身並沒有明言，

〔註34〕瞿蛻園等（校注）《李白集校注》卷二，臺北：里仁書局，民70，頁91。

〔註35〕胡適《白話文學史》〈上卷・第二編（唐朝）〉，頁65。

〔註36〕劉大杰《中國文學發展史》〈第十四章・盛唐詩人與李白〉，臺北：華正書局，民85，頁477。

但是藉由某些藝術手法，的確可延長人們感知事物的時間與加深其感覺。因此，在這其中我們發現了一個弔詭的問題，樂府詩這種質樸自然的語言特徵照理說是會縮短讀者的徘徊其中的感應時間，然而，它依然是風傳千古的天下至文，並且具備著「淺而能深，近而能遠」這樣一種深長的滋味。那麼，以樸實語言著稱之樂府詩與天然去雕飾之李白樂府，是否與「文學性」相悖？抑或是其「能指」至「所指」間一定有某些不易發覺的藝術策略在製造這樣一種效果？

　　關於這個問題，其實有點詭論的成分，可以說，它是個最基本且必須要釐清的問題，這也關係到本文所論及的新批評學派與文學符號學之內部檢視文學本質的方法，如「複義」、「反諷」、「矛盾語」、「隱喻」、「轉喻」等等，這樣的語詞實在有令人誤以為是修辭格的感覺，如果以這種角度來觀察的話，那以這種所謂「修辭格」的切割面探究李白天眞樸實的樂府詩歌，是否會引起方法論與實際操作的矛盾情境，且又是否會使人覺得太過膚淺？答案當然是肯定的。因此，筆者必須藉此提出一個最為基本的概念，即這是一場詩歌文學基型的探討，絕不等於修辭學的研究；因為這些理論創作之初，文論家們的心態，就是以一種找尋詩歌語言共通的特色，於是才有這些細目的出現，並不是對於語言的一種附加的修飾，他們是由文學內部各因素進行考察，檢視哪些是構成「文學性」的基本要素，因此，我們必須將「隱喻」、「換喻」或者「反諷」、「矛盾語」等提高其層次，將它們不僅視為一種修辭方式、一種所謂的藻飾或潤色或語言交流附加的工具，更重要的，它們是構成文學語言的基本要素，並且是文學語言的基本思維方式，如果從文論本身的立論來說，若缺乏這些基本要素，就根本不構成文學作品，因此，所謂「隱喻」、「換喻」、「複義」、「反諷」、「矛盾語」，不是文學的裝飾外衣，而是文學本質。當我們釐清這個問題，於是李白樂府詩中民歌語言，不假雕飾的部分，就不會形成與方法論間的背離，因為雕飾與否不再是重點，重要的是藉由西方對於基本詩歌語言的界定，確立李白樂府詩中的基本文學特質。

四、論文大綱

　　在方法論之確立與釐清問題之後，筆者開始進行關於李白樂府詩文本內部詩性語言的探析，將形式主義道路的三種方法論分別置於三章使用。在第二章俄國形式主義部分，除說明其理論與分析其走向之外，另分〈李白樂府詩中手法的翻新〉、〈李白樂府詩中的視感性〉、〈重複句法〉三部分進行詩歌剖析，由俄國形式主義理論之基本論點「陌生化」原理開出，強調詩歌本質趨於「陌生化」的特殊質性，結合李白在古辭新作中創作手法〔視覺效果、節奏變換、重複句法〕的層層翻新，於是造就如此佳妙之詩歌質地。第三章則是援用英美新批評來探究李白樂府詩中的文學性，特為標舉出新批評大家的三種文學語言基本型態的說法，分為三節論述──〈李白樂府詩中的複義現象〉、〈李白樂府詩中的反諷〉與〈李白樂府詩中的矛盾語〉，這種更貼近於文本語言的分析手法，對於解析李白樂府詩又更具體化，從此角度切入，可以徹底地將李白詩歌字質間的包容力與拉扯作用清楚的窺見。最後，文學符號學方法論部分，偏向文學結構方面之雅各森的主張，亦能給予我極大的啟發，我在此處亦分為三個部分說明──〈李白樂府詩中的對等原則〉、〈李白樂府詩中的反常組合〉與〈對等原則與詩歌意義間的關係〉，而在此我幾乎全以「雙軸原理」的二元結構為根本，積極探討李白樂府詩在雙軸靈活運用與互換主導地位之下，所呈現的多樣語意風貌。透過三種方法論的錯綜分析，期待能為李白樂府詩文本研究燃起新的火花。

第二章 從俄國形式主義文論探究
李白樂府詩中的文學性

第一節 俄國形式主義文論與其分析走向

俄國形式主義理論（Russian Formalist theory）的產生，應該歸因於一種歷史和現實的反思，十九世紀末二十世紀初，西方文論在追求客觀、精確、科學的口號下，將文藝肢解，形成各種項目如哲學、宗教、文化、風俗、心理、地理等學科的附庸，於是，文學的角色模糊了，他可以像任何東西，就是不像他自己；因此，俄國形式主義有感於此，企圖通過一種理論實踐，為文學找到自身的生存依據。

形式主義的發端，可追溯到 1914 年，俄國哲學家、文學家維‧什克洛夫斯基（V‧Shklovsky）在評價未來派詩歌論文〈詞語的復活〉（The Resurrection of the word）中，揭露了形式主義的理論觀點，而他的〈作為手法的藝術〉一文也被艾肯鮑爾視為形式主義派的宣言。另外，以什克洛夫斯基為首，於 1916 年聖彼得堡成立「詩歌語言研究會」，其中參與的人員還有鮑里斯‧艾肯鮑爾、奧希波‧布利克等人；除了這一組人馬所聚合而成的研究社之外，另一組是「莫斯科語言學派」的學者們，顧名思義，「語言學派」所在意的是關於語言學的範圍，其中最為著名的語言學家就是羅曼‧雅各布森（Roman Jakobosn），他於 1928

年同尤里・田仁諾夫在〈文學與語言研究的問題〉中，共擬出了九條綱要，裡面就含有形式主義之理論撮要。而俄國形式主義理論就產生於這兩個團體的研究、討論等學術論文或其活動中。至於，「形式主義」之名的由來，卻來自於其批判者托洛斯基 1923 年所發表的一篇批評文章〈文學與革命〉中，他以「文字的迷信」批判他們，從此，「形式主義」這個稱號就一直跟隨在這兩個團體上了。

反對者說他們注重形式，算是沒有曲解他們，因為俄國形式主義者認為，藝術是純粹的形式，文學中的思想、感情等和文學皆無關，重要的是文學作品中的形式總和，但是，他們之所以會這麼認為，在很大的程度上，是為了文學的獨立性，也就是為文學理論的獨立性謀求獨立生存的依據，因此，他們的目的是藉由形式以追尋文學與非文學的差異，從而在差異之比較中找到對於文學的定義，這種文學的獨立性也就是羅曼・雅各布森於 1921 年所宣稱的「文學性」（literariness），他認為文學的研究對象理應是「文學性」；也就是說，文學之所以稱為文學，在於其與其他不同種類東西的「差異」，形式主義由「差異」立論，認為文學與非文學的「差異性」，就正是文學之所以成為文學的「文學性」。因此，形式主義這般給文學下的定義是「鑑別性」的，他必須保證文學不被解釋成其他學科，也就是使得文學研究不會形成哲學、歷史、心理、社會學等等鄰近學科的附庸，他們致力於將文學研究建構成為一種獨立的、自成體系的學科。而在做這種鑑別性的、針對文學性的定義時，他們尋找到一個非常重要的概念——陌生化原理（Defamiliarization）——以作為文學與非文學概念的鑑別。

至於什麼是「陌生化」？可籍由什克洛夫斯基的所舉的例子來說明。例如走路，是一件極為平常的行為，但是當我們跳舞時，感覺就不同了，走路是一種「自動化」的行為，已經無法引發人們的注意，但是跳舞而言，他是由走路變換而來，在形式上，比走路複雜，而在感覺上也比單純的走路更能引發人的注意，因此，他造就了走路的「陌生化」，就是所謂「感覺的走路，為了感覺而創造出來

的走路」〔註1〕；可以這麼說，跳舞使人恢復對於走路這個行為的感覺，使人『感覺』到它，而不單單僅是『知道』它。「感覺」與「知道」兩者間就是「跳舞」與「走路」的差異，如果我們對事物純粹只是「知道」或「認識」，那麼人的一生就會這樣匆匆而過，就如同這一生根本不曾存在，因為當一切成為慣性，就會變成自動的動作，於是習以為常會吞沒所有的「感覺」，而僅僅剩下「知道」。

　　而對於藝術作品，就和跳舞一樣，其本質不該是「認識」，而應是「感知」，因此，什克洛夫斯基也這麼說：

　　　　為了恢復對生活的感覺，為了感覺到事物，為了使石頭成
　　　　為石頭，存在著一種名為「藝術」的東西。藝術的目的，
　　　　是提供作為視覺而不是作為識別的事物而感覺。〔註2〕

他在這段話中標誌了藝術應當存在的樣貌，就是使人「感知」，這是藝術的目的，亦是其本質。為了達到「感知」的目的，於是他覺得要運用技巧使對象陌生，使形式變得困難，藉由對藝術形式的認識，以恢復我們對世界外物的敏感。

　　　　藝術的手法就是使事物奇特化的手法，是使形式變得模
　　　　糊、增加感覺的困難和時間的手法，因為藝術中感覺的行
　　　　為本身就是目的，應該延長。〔註3〕

因此，詩歌語言就如同跳舞一般，跳舞是經由走路形式化的結果，而達成「陌生化」效果，詩歌語言亦然，它是經由日常語言形式化之後，從而變成「陌生化」的東西，以重新燃起讀者的新鮮感和驚奇感。

　　關於文學的鑒別性，也就是對於文學與非文學的差異問題，中國文論亦有提及，鍾嶸《詩品》問世以前，中國詩學尚未完全脫離儒家經學的宰制，儘管東漢時王充已經意識到文學的價值與獨立性，其所

〔註1〕　A.傑弗遜、D.羅比原著，李廣成譯《現代西方文學理論流派》〈第一
　　　　章俄國形式主義〉，北京：北京大學出版社，1992年，頁25。
〔註2〕　什克洛夫斯基〈作為手法的藝術〉，收入茨維坦.托多羅夫編選《俄蘇
　　　　形式主義文論選》，北京：中國社會科學出版社，1989年，頁65。
〔註3〕　什克洛夫斯基〈作為手法的藝術〉，收入茨維坦.托多羅夫編選《俄蘇
　　　　形式主義文論選》，頁65。

標誌的「文人鴻儒」與「文史」間的價值褒貶，與「述」、「作」之高下就是意識到文學獨立性，只是王充大多還是以一種普遍性原則來看問題，並不是專門針對文學，而真正談論到文學作品本身，進而關注於文學性之鑑別，還是有待於鍾嶸《詩品》。

孔、孟論詩，偏重實用；漢儒說詩，稽古解經；王逸注騷，托經立義，詩學尚處於經學附庸的發展階段，因此，在那個時候，文學作品被看作為輔政化民的工具來研究，而不是關注作品本身；鍾嶸的詩論則是由「物感興情的質性、動天地感鬼神及群怨的效用、四言及五言詩的特點、興比賦三義、反用事、反聲律，到風力、丹彩、滋味——詩之至等基本問題的探討」〔註4〕，他企圖想要釐清類似今日所謂「詩性」的問題，此與俄國形式主義究竟有理論內容上之差異，然而這樣一種有感於偏離文學本體的研究環境，而興發的新的研究方法，與俄國形式主義的興起原因，在某種程度上亦有其相似性。此外，關乎文學與非文學鑑別的問題，鍾嶸《詩品》中亦有點出，他認為「理過其辭，淡乎寡味」，「平典似道德論」的作品，根本不應該看做詩歌，而以氣骨、詞采兼重的觀點來區分詩歌性。爾後宋代嚴羽《滄浪詩話》所談到的「別材別趣」、「不涉理路、不落言筌」與「文字為詩、議論為詩」之差別已建立詩性語言，姑且不論嚴羽如何為詩歌下定義，但是他這番說法，強調詩歌應該是以什麼樣的樣貌出現，也就是在強調詩歌的基本特徵，且與非詩的差異性。由上可知，中國文論亦有提及詩歌的特異性，並標舉出詩與非詩的差異所在，只是在於詩歌差異原則方面，中西各有不同，俄國形式主義針對文學性定義時，提出了「陌生化」原則，而中國文論方面，隨著時代環境各異，在手段方面則各有不同。

俄國形式主義文論家提出「陌生化」詞語，目的是為了要區別文學與非文學之間的差別。至於所謂「陌生化」，是與「自動化」相對

〔註4〕黃保真、成復旺、蔡鍾翔《中國文學理論史——先秦兩漢魏晉南北朝時期》，台北：洪葉文化，1993年，頁366。

應的詞語，通俗而言，就是指推陳出新的意思，除去已經無法令人興起感覺的語言文字，替之以使人新鮮驚奇，從而延長人們審美時間之語辭。這種說法在中國並不新鮮，許多詩人作家在進行創作時，也提過與此相似的概念，如陸機〈文賦〉：「謝朝華於已披，啓夕秀於未振」〔註5〕，劉勰《文心雕龍・風骨篇》倡導詩人「孚甲新意，雕畫其辭」〔註6〕，杜甫〈江上值水如海勢聊短述〉：「爲人性僻耽佳句，語不驚人死不休」〔註7〕亦是欲求詩歌語言的去俗驚奇，還有韓愈在〈答李翊書〉中所言「惟陳言之務去」〔註8〕，這些皆是標誌著詩歌需要提新意，去陳言，以持續保鮮其感動人的效果。

　　而「陌生化」的意思並不等於「形式」，並不是文學作品經過潤色包裝整理之後，就等同於「陌生化」，而是在詩歌語言形式本身，是否眞正造就出「陌生化」的效果，因此，「文學性」的立足點並不在形式手段（device）本身，而在於形式的「功能」（function），即是否能展現「陌生化」效果這樣的功能，因爲，任何手段都會產生「陌生化」的功能，但是當其約定成俗之後，「陌生化」的功能就逐漸消失了，不能成其「陌生化」之效果，所以說，「文學性」的產生並不在「陌生化」形式本身，而在於是否能眞正完成「陌生化」功能，形成與日常語言之對立。

　　然而，不可否認地，形式主義者一定常常注意文學的形式的手法，因爲形式上的手法正是使得「陌生化」得以實現的手段。而如何完成「陌生化」功能的手段，顯現出詩歌語言與日常語言間的差異性，雅各布森認爲，詩歌就是「對常規語言有組織的歪曲侵犯」，而這種

〔註5〕　（晉）陸機〈文賦〉，（清）嚴可均校輯：《全晉文》，《全上古三代秦漢六朝文》，卷九十七，北京：中華書局，頁2013。

〔註6〕　（梁）劉勰著，周振甫注《文心雕龍注釋》，台北：里仁書局，民87，頁553。

〔註7〕　（清）清聖祖御定《全唐詩》第四冊，卷兩百二十六，台北：文史哲出版社，民76，頁2443。

〔註8〕　清姚鼐輯，王文濡評注《古文辭類纂》上冊，卷二十八，台北：華正書局，民87，頁203。

侵犯是有組織、系統的、整體的侵犯，因此，形式主義文論家們具體的提出了詩歌文學性的三大特徵，也就是詩歌語言對於常規語言在三個領域裡有組織的違犯：〔註9〕

一、聲音結構

對於常規語言聲音結構的侵犯，使得他們熱衷於發音的「生澀」、「受阻」，甚至於難以發音，將一些日常語言中常被忽略的語音因素位於詩歌的前景中，這些都是他們所追求的「陌生化」效果。

二、韻律結構

詩的節奏是要產生語音強度的效果，隨著兩種不同的組織詞語的原則產生，一種是句法，在普通語言中產生強度，另一種是節奏，在詩中是第二個決定性的原則；因此，想要充分了解詩歌，就要看這兩種原則都起作用。〔註10〕奧·勃里克在〈節奏與句法〉一文中就談到兩者的定義與其關係；所謂節奏，他說：「凡有規律的交替就稱爲節奏……，詩歌的節奏是在一定時間裡音節的交替……。總之，凡是在一定的時間、空間裡，能發現各種因素進行定期重複的地方，都（可以）說是節奏」〔註11〕，而所謂句法是「在一般言語中詞語組合的系統。而由於詩歌語言也遵循散文句法的主要規律，因此詞語組合的規律也是節奏的規律」〔註12〕，這樣導致了節奏的規律使得句法性質複雜化了。因此，詩歌不但要遵循句法的規律，也要依循節奏句法的規律，如此便豐富了詩歌語言，形成句法和節奏的共同組合，且語義研究亦是從這兩者開始。其實俄國形式主義文論家

〔註9〕轉引自王忠勇著《本世紀西方文論選評》，雲南：雲南教育初版社，1989年，頁143。

〔註10〕A·杰弗遜、D·羅比等著，李廣成譯《現代西方理論流派》〈第一章俄國形式主義〉，北京：北京大學出版社，1992年，頁37。

〔註11〕奧·勃里克〈節奏與句法〉，收入茨維坦.托多羅夫《俄蘇形式主義文論選》，頁121。

〔註12〕奧·勃里克〈節奏與句法〉，收入茨維坦.托多羅夫《俄蘇形式主義文論選》，頁125。

們，幾乎都喜愛將節奏、句法拉到比意義還高的位置上，他們認為應該要根據節奏韻律來理解詩意，奧・勃里克就說：「節奏運動是先於詩句的」，關於節奏的問題，將於後文再詳盡舉例說明。

三、語意結構

詩歌觸犯日常語言的第三個方面就是語意結構，詩歌與日常語言不同之處在於，日常語言為了實用性，必須清楚指涉單向意義，而詩歌語言卻要使語意含蓄，因此要使一個詞的第二個或者並行的意義一同活躍起來，這樣說起來，很像燕卜遜所說的「複義」，然而，新批評和俄國形式主義所著重的畢竟不同，新批評家所強調的是形成詩語言之手法內容，是為了手法而研究手法，而俄國形式主義他們在乎的卻是日常語言與詩歌語言間的「差異」，則是為了手法的「陌生化」能力而研究手法，兩者有觀念上的差異。

俄國形式主義文論家所談論的詩歌有組織的違犯的三點主張，其實都在在的說明「詩歌語言是一種困難的、艱深的、障礙重重的語言」〔註13〕，而詩歌語言就是處心積慮的想要造成這樣的結果。而為了完成「無意識化」到「陌生化」之目的，這些文論家們所提出的所有造成「陌生化」的手段，也是衝著其功能而來，也就是說，這種種手段「陌生化」的能力，是他們最感興趣的，且是他們立論的關鍵。而形式主義者所提出的細部的文學概念，所謂經由手法的改變，或是創造第一次觸目所及的視感效果，或是節奏的翻新、重複之句法，幾乎只有一道貫之，就是為達「陌生化」效果，從而建立文學與非文學間的「差異性」。以下筆者將分幾個章節說明，並進而考察李白的樂府詩透過那些違犯常規的手法達致「陌生化」。

〔註13〕維・什克洛夫斯基〈作為手法的藝術〉，收入二十世紀歐美文論叢書編輯委員會編譯《散文理論》，南昌：百花洲文藝出版社，1997年，頁21。

第二節　李白樂府詩中手法的翻新

形式主義對於文學衍變的原因，排除了思想、作家背景、時代環境，而集中焦點在於文學本身，當文學最終成為「無意識化」（automatization）〔註14〕之際，就是文學作品形式必須根本的被改變的時候，由於形式主義這個概念涉及到必須改變文學根深蒂固的觀念，即分為形式和內容的觀念，因此，形式主義將以往形式從屬於內容的情形倒置了，而專心致力於形式，於是內容從屬於形式，並在文學作品中不能單獨存在；由於對於形式的深切關注，於是賦予形式嶄新的功能，因此，如果繼續使用「形式」和「內容」兩個詞語，將會使得關鍵問題混淆不清，故而代以「素材」與「手段」。雅各布森舉了一個烹調的例子說明，他說，手段好比食油，素材好比一條新鮮沙丁魚，當食油和其他食物一起使用，他就不再是單純的添加物，他會改變同他一起烹調食物（新鮮沙丁魚）的味道，因此，新鮮沙丁魚和油煎沙丁魚就是兩道完全不同的東西，油煎沙丁魚已非世界上任何一種沙丁魚。一條新鮮沙丁魚或許在之前他是新鮮「陌生化」的，但是在長期感受下，逐漸走向「無意識化」，此時，他們便成了手段的對象或是素材，被手段重新變革，再次求得「陌生化」的新鮮感。

我們用「手段」與「素材」的概念來探求文學演變的過程時，將發現文學史中有兩個相輔相成的力量再度起作用。第一個力量涉及到某一特別的體裁或這一時期的主導手法，隨著時間的轉移，這些主導手法成了習以為常的手法，不再被新鮮地感知；到這個階段時，新的作品就會採用一些新的手法，通常是通過模仿手段的變化翻新，使得這些手法再次成為可感知的東西。而通過這種手段，使形式再次被感知，文學體裁正是因此而演變的。也就是說，在形式主義文論家眼中，文學形式的改變不是由外在現實所決定，而是由於文學的自動化形式

〔註14〕「無意識化」是相對於「陌生化」意義的俄國形式主義術語，當文學不再是一種受阻的形式，當手段由新鮮趨於陳舊時，失去「陌生化」效力的狀況下，就是「無意識化」的產生了。

需要新的生命力。

　　本節將以形式主義立論的基礎來探究李白對於樂府詩的革新。首先，李白樂府詩在詩題上大致可分爲兩類，一曰古題樂府，就是蹈襲漢以來之樂府舊題，或擴充原意，或離開原題，別立新意。一曰新題樂府，此爲創作新題新辭者，有些源頭似出自吳歌西曲，此爲李白遊歷時聽聞當地民歌即事所作。這兩類樂府詩，我們都可以藉由形式主義對於形式手法的感知慾望，來探究李白在樂府詩中的革新變化。考察李白如何將「自動化」的樂府詩形式，在創作時藉由某些「手法」的革新，而呈現出新的感受；這樣的討論，當然仍以形式主義所關注的，日常語言與詩歌語言的「差異性」爲立足點，而幾乎所有藝術手法的存在性，都是爲了完成「陌生化」，創造人們新的感知而來。

　　李白的〈北風行〉，前人認爲擬鮑照的〈代北風涼行〉而作，王琦注云：「鮑照有北風行，傷北風雨雪，行人不歸，太白擬而作之」〔註15〕，我們可以藉由鮑照原作與李白的擬作相較，研究其中因藝術手法的改變所造成之差別性：

> 北風涼，雨雪雰。京洛女兒多妍粧。
> 遙豔帷中自悲傷。沈吟不語若有忘。
> 問君何行何當歸。苦使妾坐自傷悲。
> 慮年至，慮顏衰。情易復，恨難追。
>
> （鮑照〈代北風涼行〉）〔註16〕
>
> 燭龍棲寒門，光曜猶旦開。
> 日月照之何不及此，唯有北風號怒天上來。
> 燕山雪花大如席，片片吹落軒轅臺。
> 幽州思婦十二月，停歌罷笑雙蛾摧。
> 倚門望行人，念君長城苦寒良可哀。
> 別時提劍救邊去，遺此虎紋金鞞。
> 中有一雙白羽箭，蜘蛛結網生塵埃。

―――――――――――――

〔註15〕瞿蛻園等校注《李白集校注》（一），台北：里仁書局，民70，頁274。

〔註16〕（宋）郭茂倩《樂府詩集》（二）〈雜曲歌辭五〉卷六十五，台北：里仁書局，民73，頁936。

箭空在，人今戰死不復回。

不忍見此物，焚之已成灰。

黃河捧土尚可塞，北風雨雪恨難裁。〔註17〕（李白〈北風行〉）

鮑照的〈代北風涼行〉首二句「北風涼，雨雪雰」，而李白將北風與雨雪在表現型態上重新形象化，也就是將「涼」、「雰」的意象化爲六句具體陳述。此數句意謂燭龍所棲北極積寒之地，燭龍睜眼是白天，閉眼即是黑夜〔註18〕，然而，寒門至陰，日所不照，唯有北風天上來，將片片雪花吹落在軒轅台上；作者以神話入詩，將「北風涼，雨雪雰」的觸感生動化，在鮑照的詩中，北風寒涼、雨雪片片，在人的視覺之下，對於「涼」與「雰」單純的敘述，會缺乏一種切膚的感受，然而，透過李白的轉用，於是給予人第一次觸目所及的視覺效果，彷彿讀者真能看到昏暗的北地，巨大的雪花，一種對於北方風雪新的感受從而產生。

鮑照詩以下數句：「京洛女兒多妍粧。遙豔帷中自悲傷。沈吟不語若有忘。問君何行何當歸。苦使妾坐自傷悲」，相較於李白「幽州思婦十二月，停歌罷笑雙蛾摧」，鮑照的詩僅是單純的陳述，敘述思婦等待的傷悲，但是李白的手法就多樣化了，他如同敘述故事一般，將思婦等待之情狀，透過「雙蛾摧」具體的形象再次表現；另外，對於征夫欲歸無期的事實，李白將思婦內心的擔心憂愁，藉著睹物思人的情感轉折，活絡絡地「演」了出來——思婦憂其寒，又疑其死，故而焚其所備之箭，不忍見物在而人亡，相較於鮑照的詩篇，李詩更賦予了讀者新鮮感，具備了「陌生化」效應且延長讀者感受時間。

最末兩句鮑照云：「情易復，恨難追」，相較李白詩：「黃河捧土尚可塞，北風雨雪恨難裁」，這兩句脫化之作，堪稱絕妙，他的意思

〔註17〕瞿蛻園等校注《李白集校注》（一）。頁273。

〔註18〕《淮南子》卷四〈墜形〉：「燭龍在雁門北，蔽於委羽之山，不見日。其神人面龍身而無足。」高誘注：「龍銜燭以照太陰，蓋長千里，視爲晝，暝爲夜，吹爲冬，呼爲夏」劉安等著：《淮南子》，收入《新編諸子集成七》，臺北：世界書局，1972年，頁64。

是指黃河雖深不見底，然捧土可塞，而離別之恨，只會因北風雨雪更為增加，難以抑制。李白藉著黃河這樣的意象將「恨」這個字具體化、視覺化了，彷彿讀著真的能感受到思婦那份澎湃不已的愁思愛意。以下我將再對舉鮑照與李白樂府〈夜坐吟〉進行比較：

> 冬夜沈沈夜坐吟，含情未發已知心。
> 霜入幕，風度林，朱燈滅，朱顏尋。
> 體君歌，逐君音，不貴聲，貴意深。(鮑照〈夜坐吟〉)〔註19〕
> 冬夜夜寒覺夜長，沈吟久坐坐北堂。
> 冰合井泉月入閨，金釭青凝照悲啼。
> 金釭滅，啼轉多。掩妾淚，聽君歌。
> 歌有聲，妾有情。情聲合，兩無違。
> 一語不入意，從君萬曲梁塵飛。(李白〈夜坐吟〉)〔註20〕

〈夜坐吟〉，樂府舊題，屬雜曲歌詞。《樂府詩集》卷七十六：「〈夜坐吟〉，鮑照所作也。……言聽歌逐音，因音記意也。」王琦《李白集校注》：「〈夜坐吟〉，始自鮑照。」〔註21〕，鮑照詩首句「冬夜沈沈夜坐吟」，李白將其分為兩句陳述「冬夜夜寒覺夜長，沈吟久坐坐北堂」，重新將沈吟夜坐之原本相貌，加入新的感知：

冬夜	沈		沈	夜坐吟	
冬夜	夜寒	覺夜長	沈吟	久坐	坐北堂

經過以上的排列，就能清楚看到李白為原詩新添了何種感知，他拉長詩中人與讀者對於冬夜的觸感，如果將鮑照詩中「沈沈」兩字分開看待，第一個沈有冬夜沈沈的意思，第二個沈則有沈吟夜坐的意思，但是鮑照並沒有將冬夜沈沈與沈吟久坐的感覺非常深刻的表達出來，相較於李白詩，將詩意延長為二段，將詩中人心事重重而特覺夜晚沁涼、冗長之情狀表達得十分深刻。關於這兩句詩的解析，在第四節談到重複句法時，再將進行較為詳盡的解析，為避免重複，故而暫述至此。

〔註19〕（宋）郭茂倩《樂府詩集》(二)〈雜曲歌辭十六〉卷七十六，頁1073。
〔註20〕瞿蛻園等校注《李白集校注》(一)，頁253。
〔註21〕瞿蛻園等校注《李白集校注》(一)，頁253。

鮑照詩「含情未發已知心」，被李白化用為「冰合井泉月入閨，金釭青凝照悲啼」，所謂「含情未發」這種難以言狀的情愫，李白將其具體化了，因為長夜夜寒，所以冰結於井泉，因為靜坐不寐，所以目及月光悄悄移入屋內，而此時燈光青凝，照我之愁容悲啼；由於「含情未發」，隱藏在心中的思念很難歷歷展現，所以李白透過外在環境如月光移動、金釭青凝，具體的賦予詩歌新的視感，彷彿真能窺透思婦內心傷痛一般。接下來鮑照原詩是「霜入幕，風度林，朱燈滅，朱顏尋」，寒霜入幕，風過朱燈，故而燈滅人尋，其間純屬陳述句；而李白承上句「金釭青凝照悲啼」而來，燈光本凝住不動，忽而風過燈滅，這一滅於是將內心孤寂燒得更旺更烈，故而從原本低低哭啼，至啼轉而為多，一樣是描述故事一般，透過詩中人物的行為舉止，將內心的感覺視覺化了，像第一次觸目所及那樣鮮活。

最後幾句「體君歌，逐君音，不貴聲，貴意深」，言聽歌逐音，因音託意，而貴在意深；李白將本段化以歌曲之聲，喻兩人之情，進一步將鮑照詩中的「聲」與「意」重新深化，掩妾之淚，聽君之歌，歌有聲，妾則有情，聲情相合就有如君與妾如膠似漆，如有一語不合，就縱有梁塵萬曲，也不能產生共鳴。李白將鮑照詩中簡單的陳述句或是難以言狀的情感，重新給予新的形象塑造，除了在視覺上產生一種新鮮感之外，亦能更準確、深刻地描摩詩中人的心緒狀態。

「藝術是技巧」、「手法是唯一的主人公」，這兩個原則是「自動化」和「陌生化」在對立和發展中所演變和深入的結果。李白將舊有素材重新整理，而他所運用的手法與最終效果，同俄國形式主義文論，有著某種理論與實用間的關係；這其中包含著第三節我所要談論的「視感性」，即透過手法的翻新，而造成讀著閱讀時有種第一次目擊的感受。

除了運用形象的具體化表述而給予讀者新鮮感受之外，節奏形式的改變可使詩歌更具有可感性。形式主義認為節奏主導著詩意，而事實上亦然，觀察自《詩經》時代以降，原本書寫習慣的四言詩句，由於時代變遷，事物漸繁，已不再能滿足時代的需求，而騷體形式，行

之久遠，也漸漸缺乏其吸引力，於是漢樂府在形式方面，取詩、騷之長，創造一種靈活多變的新外貌，其句式有兩言的、三言的、四言的、五言的、六言的、七言的，參差錯落，也因為新外貌新形式的產生，於是帶動了詩意，提高了語言文字的表達功能，這種以詩歌節奏帶動詩意的想法，不僅僅只有俄國形式主義文論家這麼看待，中國詩歌亦是以類似的型態發展延續，鍾嶸〈詩品序〉云：「夫四言，文約意廣，取效風騷，便可多得。每苦文繁而意少，故世罕習焉。五言居文詞之要，是眾作之有滋味者也。故云會於流俗。豈不以指事造形，窮情寫物，最為詳切者耶」〔註22〕，儘管他談的不是樂府詩，但是從他對於四言到五言節奏形式的改變，其言詞中包含了兩項重要觀念，對於詩歌發展的事實，一是成為五言之後，詩的表現力大大增強，可以含蘊更豐富的意義，二來詩歌形式節奏改變了，於是變得更有「滋味」，更使「味之者無極，聞之者動心」，他雖然沒有說及「陌生化」的詞語，但是卻也意味著詩歌節奏形式改變之後，所帶來的更為生動化活潑化的效果，這兩個觀點，與俄國形式主義皆有著相關之處。

　　其實樂府詩在漢代時，就已經有錯落的節奏句法存在，尤其最能體現語言跌宕不整的聲情之作，就是「雜言體」樂府了，此處所言之「雜言體」，乃指同首詩中句式二言、三言、四言……至十言不等，而在李白一百四十九首樂府詩中，五言最多，其次則乃「雜言體」，其中如〈白紵辭三首〉、〈陽春歌〉、〈楊叛兒〉、〈長相思〉、〈君馬黃〉、〈幽澗泉〉、〈上雲樂〉等，隨著長短不整的詩歌節奏，詩中所欲表達的意義也跟著輕重變化起來，李白詩中這種突出的內在節奏，前人已多有體悟，袁枚就認為李詩音節如雪竹冰絲，非人間凡響，李重華也認為李詩長短篇什，各自成調，原非一定音節，他說：「樂府體裁，歷代不同，唐以前每借舊題發揮己意，太白亦復如是，其短長篇什，

────────────────

〔註22〕　（梁）鍾嶸〈詩品序〉，（清）嚴可均校輯《全梁文》，《全上古三代秦漢三國六朝文》北京：中華書局出版社，1999 年，卷五十五，頁3275。

各自成調，原非一定音節」〔註23〕，其實就蘊含著俄國形式主義節奏手法爲達到「陌生化」而企圖翻新的理論；沈德潛談到節奏時也說：「七言古或雜以二言、三言、四言、五言……或雜以八九十餘言，其間忽急忽徐，忽翕忽張，忽淳灝，忽轉製，乍陰乍陽，屢牽光景，莫不有浩氣鼓蕩其間」〔註24〕，也提到李白詩歌形式句法變化多端的特色。而當漢樂府流傳至李白的時代，此時如果一個節奏韻律已然被廣泛熟知，它就將僅僅被「認識」，而非「感知」，因此，節奏手法「無意識化」之後的更新變換成爲必然，文學作品內在「陌生化」的渴望亦牽動了詩人對於樂府詩形式手法的革新。畢竟，俄國形式主義者認爲，一種沒有秩序的節奏一旦形成定規，它就不再成爲使語言受阻的有效手法，於是就該進行改變。

這裡筆者仍以前面所解析的兩首樂府詩〈北風行〉、〈夜坐吟〉，再次進行節奏變換上的說明，並比較前人之作，找尋李白樂府詩中因節奏更新而造成的「陌生化」效果。

〈北風行〉在宋郭茂倩《樂府詩集》中是屬於「雜曲歌辭」一類，因此，在詩律上，採取三、五、七言參差，而李白在詩中更有打破原詩節奏，而擴及九言之處，雖然如此，錯落不齊的節奏卻與詩意結合，兩者相輔相成。〈北風行〉在鮑照的原詩中，已是錯落不整的句法——「三言／三言／七言／七言／七言／七言／七言／三言／三言／三言／三言」，但是李白更是大幅度的錯落其句式——「五言／五言／八言／九言／七言／七言／七言／七言／五言／九言／七言／七言／七言／七言／三言／七言／五言／五言／七言／七言」。此乃依照前文對於翻新視感解說的詩歌分段，而節奏本應與詩意結合，上文已言及李白翻新鮑照原詩的視感效果，在此筆者將舉幾段特別的詩句說明。首先，「北風涼」句，李白以神話形象翻新詩意，而節奏上也以

〔註23〕 （清）李重華《貞一齋詩說》〈談詩雜錄〉，收入丁仲祜《清詩話》（下），台北：藝文印書館，民66，頁1173。
〔註24〕 （清）沈德潛《說詩晬語》，收入丁仲祜《清詩話》（下），頁657。

五言/五言/八言/九言順勢推展，彷彿怒號的北風就順著句式的延展吹嘯而過。另外，鮑照詩「問君何行行當歸」的七言句式，被李白拉長為「五言/九言/七言/七言/七言」句式，一方面為了相應李白形象具體化思婦等待的情狀，一方面也藉由句式，拉長等待的感覺，如「念君長城苦寒良可哀」，此九字句句法，兼夾於前後五言與七言中，念來特顯其漫長，加深了等待之久與內心的無奈感。

最後，鮑照「苦使妾坐自傷悲」句，李白也化為極度錯落不整的句型「七言/七言/三言/七言/五言/五言」，筆者認為此段詩句，是整首詩含意最為悲傷的部分，思婦憂其寒，疑其死，空望舊時物，不見歸人返，那種悲哀至極的感覺，透過落差的句法，表現出思婦低低啜泣，聲氣上下不接的真實感。

至於〈夜坐吟〉，最為特別的就是李白將鮑照原詩「冬夜沈沈夜坐吟」，改為「冬夜夜寒覺夜長，沈吟久坐坐北堂」，關於這兩句詩，前後文章節中已從不同角度作了許多解析，故而，於此僅專就節奏部分作說明：

冬夜	沈		沈	夜坐吟	
冬夜	夜寒	覺夜長	沈吟	久坐	坐北堂

李白將原詩延長為兩句，放慢拉長了節奏，於是營造出冬夜沈沈與沈沈夜坐的寒與久，也因此使讀者一步步清楚的感受到詩中人的心事重重，以及感覺夜長與久坐，詩意與節奏結合，兩者相得益彰。另外鮑照詩連續八句三言句式，直至句尾，而李白在句尾化為五言與七言句式收結，在原本平整的三言組句中，添入些許變化，隨著句式至尾的改變與漸長，因此，展現與結合由啼轉多，掩淚聽歌，而至詩中人情緒越來越激動，最終迸發出「一語不入意，從君萬曲梁塵飛」的悲鳴。

李白之所以將句式加以變化，多是為了配合情緒之起伏，以相應於內在的詩意，故得之於心而發乎於聲，聲雖千變萬化，卻仍緊緊結合詩中人的情緒起伏，於是造成兩者配合無間的極佳效果；同時，也

是爲了翻新前人的節奏型態，前人節奏或許新鮮一時，但終究是使用流傳已久，難以再度引起讀者的注意力，因此，爲了創造詩歌句式本身的新鮮視感，翻新以往陳舊句法，也是通往「陌生化」的途徑之一。

第三節　李白樂府詩中的視感性

什克洛夫斯基認爲，事物是該被感知的，如果不被感知，就如同沒有發生過一樣，文學也是如此，他說：「正是爲了恢復對生活的體驗，感覺到事物的存在，爲了使石頭成其石頭，才存在所謂的藝術。藝術的目的是爲了把事物提供爲一種可觀可見之物，而不是可識可知之物。藝術的手法是將事物『奇異化』〔註25〕的手法，是把形式艱深化，從而增加感受的難度和時間的手法，因爲在藝術中感受過程本身就是目的，應該使之延長」，〔註26〕當詩的藝術生命，是從可見走向可知，從詩走向普通文字，從具體走向一般之際，當人們形成不自覺的閱讀，開始通過「認知」了解事物，此時，文學已不具備文學之本質，而進入了感覺的自動化。什克洛夫斯基認爲，在這種情況下，「奇異化手法」可使藝術作品重新被感知，而非認知，克服已經不斷形成的「無意識化」手段，從而回復到以往「陌生化」之效果。

而所謂「奇異化」手法就是在於「他不說出事物的名稱，而是把他當作第一次看見的事物來描寫，描寫一件事則好像他第一次發生」〔註27〕，什克洛夫斯基舉了托爾斯泰的例子作說明，當他在描寫事物

〔註25〕「奇異化」在某些譯本中同是「陌生化」的譯名，在這種情況下，「陌生化」〔奇異化〕同時是結果也是過程，而這種說法，也極爲符合什克洛夫斯基的理論；但是，本文基於行文之清楚與用詞之方便，採用二十世紀歐美文論叢書編輯委員會所編譯之《散文理論》譯名，並以「奇異化」視爲文學手段，作爲「陌生化」之過程，在論述中將過程與結果用語區分，以便於瞭解。

〔註26〕維·什克洛夫斯基原著，二十世紀歐美文論叢書編輯委員會編譯《散文理論》，南昌：百花洲文藝出版社，1997年，頁10。

〔註27〕維·什克洛夫斯基原著，二十世紀歐美文論叢書編輯委員會編譯《散文理論》，頁11。

時，不使用通用的名稱，而是使用其他事物中相應的名稱，例如，托爾斯泰在〈可恥〉一文中，是這樣描寫「鞭笞」的：「把那些犯了法的人脫光衣服，推倒在地，並用樹條打他們的屁股，……鞭打著脫光光的屁股」，〔註28〕他為了生動「鞭笞」這種酷刑，因此不提及「鞭笞」這個已廣為熟知的名詞，而將其形式改變，用另一種與「鞭笞」有關的但平時不常使用的敘述方式來進行描寫，阻礙其原本辨識之作用，於是創造了對事物的新的特殊感受，使讀者重新產生「視覺」，而不是僅僅單純的「認知」「鞭笞」這項刑罰而已。

在藝術中產生「視覺」亦是為了區分「陌生化」與「無意識化」之差異，這種差異幾乎是俄國形式主義文論家所有立論的根本。僅僅「認知」事物是為了使人容易理解，而文學的存在並非如此，它的目的不是要順利傳達，而是要延長感受的時間與加深感受之難度，於是，辦法之一，就是要運用新的形式手法使得事物像第一次初見一般，什克洛夫斯基稱為這種手法為「奇異化」。

在什克洛夫斯基〈作為手法的藝術〉一文中，他除了舉證托爾斯泰的例子之外，也提及「奇異化」手法在情色藝術中觀察的最為清楚，然而，他在提及其運用範圍時，說了一句話：「幾乎哪裡有形象，哪裡就有奇異化」〔註29〕，至於什克洛夫斯基筆下「形象化」的定義，他並沒有明言，但是依然可以藉由他所舉證之情色藝術之例與說明，窺得其義：

於是威嚴的使者華希麗柳什卡　　把自己的衣服一直提到
肚臍上。
於是戈金的兒子，年輕的斯達維爾　　認出了那個鍍金的
環……

用「環」和「釘」或是「織布工具」、「弓」與「箭」來婉轉表示性器

〔註28〕維・什克洛夫斯基原著，二十世紀歐美文論叢書編輯委員會編譯《散文理論》，頁11。

〔註29〕維・什克洛夫斯基原著，二十世紀歐美文論叢書編輯委員會編譯《散文理論》，頁16。

官，借用事物本身特徵上具有某種形象上的相似，但是又不常使用的
詞語來說明和描寫事物，等於是對事物物像新的描摹；簡單的說，什
克洛夫斯基所言之「形象化」類似於「換句話說」，只是所換之詞是
根據本來事物之外貌形狀進行新的描摹，讓人覺得難以辨識，恍若霧
裡看花，花已經非花本身，而造成一種新鮮的花的感受，等於重新認
識花這樣一個不同於以往的花的事物一般。關於這樣的差別性，底下
將以圖表表示：

事物原本名稱 ➝ 事物形象的描摹
認知　　　　　　　　　　　　感知

自動化　　　　　奇異化手法　　陌生化

對於事物形象的描摹，在中國文論中亦是一個熱切討論的話題，陸
機先標舉形難以爲狀的困難，而後歸導出「窮情盡相」爲文章追求
的目標之一，《詩品序》亦云：「指示造形，窮情寫物，最爲詳切者
耶」，如何將外在的事物描寫貼切，即狀難狀之景如在目前，在《文
心雕龍》〈物色篇〉中寫得十分詳盡，儘管劉勰主要是針對景物的描
繪，但是我們依舊可以從中汲取一些創作養料。首先他提到情思是
相當重要的，他說：「寫氣圖貌，既隨物以宛轉；屬采附聲，亦與心
而徘徊。故灼灼狀桃花之鮮，依依盡楊柳之貌，杲杲爲日出之容，
瀌瀌擬泥雪之狀……」〔註30〕相較於西方的「視感」論，緣情寫景
的確爲中國文論的特色，寫出物的氣貌同時，要將個人情思加到景
物上去，而藉著各人不同的心情，所寫出的體物之貌就會不盡相同，
因此，我們可以說，這就是劉勰的「奇異化手法」，將「自動化」的
「認知」轉向「陌生化」之「感知」，首先運用得就是詩人情感與跳
躍的思想。而後才是貼切的功夫：「體物爲妙，功在密附。故巧言切
狀，如印之印泥，不加雕削，而曲寫毫芥；故能瞻言而見貌，即字
而知時也。」〔註31〕此外，劉勰也是注重新意奇辭的人，無論在〈通

〔註30〕劉勰著，周振甫注《文心雕龍注釋》，台北：里仁書局：民 87，頁
　　　　845。
〔註31〕劉勰著，周振甫注《文心雕龍注釋》，台北：里仁書局：民 87，頁

變篇〉或〈風骨篇〉內，都提出相似的理論，因此，他在描摹物態的問題上，也極力要求變化革新，當然，革新的手法，還是扣緊書寫不盡的情思，他說：「古來辭人，異代接武，莫不參伍以相變，因革以爲功，物色盡而情有餘者，曉會通也。」〔註32〕〈物色篇〉是很完整的窮情寫物的理論，而後山水詩興起，對於外在景物的描寫又更加重視了，力求描寫的貼切物狀，如在目前，於是「巧構形似之言」成爲詩人追求的褒辭，〔註33〕然而後來漸漸流於客觀的形似描寫，劉勰所說的主觀情感日亦流失，於是如何從「認知」走向「感知」成爲純粹形式上的新意奇辭，體貌追新，此番走勢，漸似於什克洛夫斯基所說的「奇異化手法」了。

　　中西兩方的著重點稍有差異，但是我們可以將其統合起來截長補短，什克洛夫斯基強調以換句話說達到難以辨識的新鮮感，而劉勰主張個人化豐富的情感，自會形成不同他人的新鮮視覺效果，在這樣的基礎下，再強調「密附」，中西相映，我們來檢視李白樂府詩，發現李白誠仙才也，在他的創作軌跡中，包含了飛躍縱橫的情感，巧妙的想像力，然後形象化的描摹，生動了原本陳舊的形象言辭。以下就從李白樂府詩中，找出其中對於事物本身形象化的描摩，運用「奇異化」手法完成「陌生化」的文學效果的例證。首先，我們可以從最爲簡明的替代性卻不常使用的名稱說起：

　　　　小時不識月，呼作白玉盤。又疑瑤台鏡，飛向青雲端。

　　（〈古朗月行〉）〔註34〕

對於月亮的描寫，李白一共以其他兩項不常運用的事物代替──「白玉盤」、「瑤台鏡」，於是形成透過「白玉盤」與「瑤台鏡」創造月亮

846。

〔註32〕劉勰著，周振甫注《文心雕龍注釋》，台北：里仁書局：民87，頁846。

〔註33〕此爲鍾嶸說張協之評語，另外，《宋書·謝靈運傳論》曰：「相如巧爲形似之言」，《顏氏家訓·文章篇》亦曰：「何遜詩實爲清巧，多形似之言」。

〔註34〕瞿蛻園等校注《李白集校注》（一），頁332。

新的體認，而如果這又是以往前人鮮少使用過的替代名詞的話，那麼，這層新鮮感又更重了；李白詩歌之妙，並不僅在於從月亮到「白玉盤」到「瑤台鏡」的「奇異化手法」，他還在兩聯四句詩中以「飛向青雲端」作結，給予「百玉盤」、「瑤台鏡」飛動的視覺感，於是總共創造兩層新鮮的視感效果。這首詩以主體的自己為應物的觸覺，故而其「奇異化手法」，較為類似劉勰所言以個人情思相應景物，而書寫出來不同於其他人應物情感的「陌生化」效應。

另外，底下對於「彎弓」的描寫也是一種極為巧妙的形容：

> 彎弓若轉月，白雁落雲端。（〈幽州胡馬客歌〉）〔註35〕

其實李白在詩中就是要描述以弓箭射落白雁的情景，這樣一個普通到不能再普通的景象，李白卻以「轉月」替代形容之，這是一個極為新鮮的用法，以彎彎的月亮替代弓箭，已是一層新鮮感知的展現，再加以「轉月」替代弓箭發射的動態，於是賦予弓箭射白雁的動感效果，這又造成第二層的新鮮感知，名詞物體與動詞行為的兩層新鮮感同時展現於詩中，鮮活了原本凝固於腦海中的彎弓射雁的舊式感官。除了〈幽州胡馬客歌〉，李白在他首樂府詩中，也喜愛使用類似的意向，以活化原本舊有的感知，如〈塞下曲〉六首其三的「彎弓辭漢月，插羽破天驕」，〔註36〕表面上觀察，不過是帶著弓箭辭別京城，但是作者將如此簡單的意象，藉著一個新的刻劃，將戰士連夜出師的壯麗雄姿表現出來；首先，作者以「彎弓」表達出疾奔風飈的行軍氣勢，上弦的弓，拉滿拉彎了，那股力道，透出如大敵在前而勢在必得的雄姿，同時將士們昂揚著弓箭，離開京城，作者不直指京城，而以「漢月」替代，一則弓箭與彎月相輝映，一則在夜晚的離京，更能突顯那股夙殺的氣氛，於是，整首詩前四句一氣直下，彷彿使人聽到那轔轔馬蹄夾雜著鞭鳴，朝著關外駛去，轉夕間破了胡軍，那豪邁的風姿，在字間跳躍，賦予了詩歌強烈的視覺效應。

〔註35〕瞿蛻園等校注《李白集校注》（一），頁344。
〔註36〕瞿蛻園等校注《李白集校注》（一），頁364。

　　然而，面對抽象的愁緒，李白自有一套感知手法，如〈久別離〉「雲鬟綠鬢罷攬結，愁如回飆亂百雪」〔註37〕，抽象的愁緒本身就難以描摹，而作者將思婦的愁緒以旋轉不定的風，飄亂白雪形容之，這很富於新鮮的形象性；上下兩句可以一起細讀，更可嗅出作者巧思，愁思表現於形貌，就是那如飛蓬的烏絲，體現於心，則是既亂又無法止息的風，其實兩者具有相似的形象，但是前一句視感性還沒有那麼強，以懶於梳妝的形象來顯現出思婦的苦楚，尚且流於平淡，然「愁如回飆亂百雪」的出現，賦予了愁新鮮生動的力量，甚至加強呼應了前句首如飛蓬的形象，試想，愁思如同旋轉的風一般，不斷的迴旋，心心念念的盼望，想著心都凌亂了，失序了，想不動了！

　　抽象的愁緒，李白能賦予新鮮的視感，而對於棄婦被拋棄的心理狀態，作者亦能使用具體的事物，巧妙的替代，而後給予讀者妙不可言的新感受，例如：

　　　兔絲故無情，隨風任傾倒。誰使女蘿枝，而來強縈抱。

　　　兩草猶一心，人心不如草。……（〈白頭吟〉其一）〔註38〕

棄婦被拋棄的經過與內心酸楚，古來詩歌中常常見到，然而這首詩中，作者以「兔絲」和「女蘿」兩種植物以替代男女兩主人翁，不但新鮮，而且把兩人的心思刻劃的十分細膩活潑。兔絲無情而隨風傾倒，隨風傾倒是兔絲的特性，也是男主人翁的特性，當男主人翁隨風傾倒，意志不堅之際，女主人翁就如同女蘿一般，緊緊的將它纏繞糾結，「兔絲」、「女蘿」有人說他們花葉同一根，實一物也，亦有人又說他們截然兩物，〔註39〕儘管古今爭論不休，然而筆者覺得這樣的爭

─────────────

〔註37〕瞿蛻園等校注《李白集校注》（一），頁307。

〔註38〕瞿蛻園等校注《李白集校注》（一），頁308。

〔註39〕《爾雅翼》卷二云：「女蘿、兔絲，其實二物也。然皆附木上。」陸機《毛詩草木鳥獸蟲魚疏》：「今兔絲蔓連草上生，黃赤如金，今合藥兔絲子是也，非松羅。松羅至蔓松上生，枝正青，與兔絲殊異。」皆以兩者為兩物也。此外，一物之辯見於《釋草》：「唐蒙，女蘿；女蘿，兔絲」，毛傳亦云：「女蘿，兔絲，松蘿也。」《爾雅》：「女蘿，兔絲。」兩物一物之辯，何以如此？張華《博物志》說得最為恰當，

辯，反而能爭出興味來，畢竟就是這樣看似兩物又非兩物的特性，使得作者使用「兔絲」、「女蘿」締造了很大的想像空間，儘管「兔絲」意志不堅，風來隨傾，但是也任由「女蘿」緊緊纏繞，兩物最終依舊是糾纏一心，兩不離分，於是藉由「兔絲」與「女蘿」的植物特性的替代，將男女主人翁截然不同的個性表現出來，而植物尚且皆能縈抱不離分，那麼人呢？在女主人翁心中，不論她怎麼苦苦挽留糾纏，男子依舊不顧結髮之義，中道相離，相較於兔絲的意志不堅，男子更是決絕相離，與草同質卻不同心，於是最終併發一句「人心不如草」，當我們了解「兔絲」及「女蘿」所蘊含的意義，就能感受到「人心不如草」是多麼沉痛的悲哀。

除了以不常使用之替代性名稱替代與賦予新的感受之外，我們亦可由李白刻畫美女的手法中感受到新鮮的「視感性」。例如〈清平調〉，其內容中充滿了對於楊貴妃美貌的描寫，我們姑且將貴妃容貌視為一件事物而論，對於楊貴妃美麗這樣一個事物本體，李白運用「形象化」描摩鋪展出其美麗；因此將一個已被認知、眾所周知的貴妃容貌，描寫為第一次目光所及般的新鮮。

> 雲想衣裳花想容，春風拂檻露華濃。
> 若非群玉山頭見，會向瑤臺月下逢。
> 一枝紅豔露擬香，雲雨巫山枉斷腸。
> 借問漢宮誰得似？可憐飛燕倚新粧。（〈清平調詞三首〉其二）
> 〔註40〕

首句只言雲之華彩想其衣裳，而以花之**豔**麗，想起其容色，至此並未明言其容貌之甚，僅以花與雲彩之形象來替代貴妃之容顏與服飾。起首以花擬人，本屬於極為普遍的手法，然而，在這句詩中「想」這個

卷七云：「物相似亂者，女蘿寄生兔絲，兔絲寄生木上，生根不著地」，由於皆附於木上，形又相似，纏繞一起，故很難讓人分辨兩物或一物，方才有這樣的爭執。然李白特用兩草糾結難辨，似一物又非一物、似同根又非同根的特性入詩，比附人心，生動活化了千古以降萬篇一意的棄婦情愁，極富興味。

〔註40〕瞿蛻園等校注《李白集校注》（一），頁389。

字蘊發著兩層的「視感性」，於是方才醞釀出文字間的「陌生化」效應。第一層是對讀者造成「視感性」的效果，以看到雲彩及花於是聯想貴妃容貌，在視覺上，又透過花重新對於貴妃容貌進行新的感知，這是就讀者或第三者的「想」而論；而第二層是就玄宗「想」而言，玄宗見雲即想貴妃之衣裳，見花而想見貴妃之容貌，一樣通過花與雲彩之形象，輾轉對於貴妃之美有新的體驗，七個字中隱藏著明與暗之兩層「視感性」，尤其「想」這個字，更是活動了視覺效果，使得貴妃之貌與花色、雲彩之華與其服飾，兩者原本緊密的形象性連接，因此鬆散了起來，以王琦的說法來說：「李用二想字，化實爲虛，尤見新穎」〔註41〕，爲何「化實爲虛」，就見新穎呢？因爲模糊了其中形象性的關連，因爲「想」這個字有種若隱若現的虛擬，故而阻礙了對於現實貴妃容貌到花朵的認知，使得一切變成難以理解，更像是霧裡看花，王琦並無直言詩中達到「陌生化」效果，但是他所言「新穎」二字，確有俄國形式主義詩歌理論的精髓，即改變其表現形式手法，而脫離「無意識化」，完成「陌生化」，這其間的過程，的確需要新穎的手法。因此，李白「雲想衣裳花想容」才會成爲絕唱，它之所以不同一般，不在於其以花擬人，畢竟，這是極爲老舊的用法，且看後世韋莊效之：「金似衣裳玉似身」，向子諲：「花容儀，柳想腰」，同樣是對於女子容貌之比擬，但是卻已缺乏李白風韻，因此，「想」字所造成的「視感性」與雙層「視感性」，才可說是絕唱的關鍵。

　　首句「雲想衣裳花想容」開啓了讀者與玄宗對於貴妃新的感知，然而純粹言花言雲，並無眞正描寫貴妃之美，而下一句「春風拂檻露華濃」開始漸進一步揭開對於貴妃容貌較爲具體之感知。這句詩是對於花的描寫，李白將花最美的形象描摩出來，即當春風拂檻，花露正濃之時，最顯其鮮豔風韻，然雖寫花，實寫人，藉由對花的感知，艱深化了對貴妃容貌嬌豔欲滴的新感受。而以下兩句的形象就更爲具象了，整首詩描寫貴妃可說是由虛漸實，一步步緩緩揭開貴妃美艷之面

〔註41〕瞿蛻園等校注《李白集校注》（一），頁391。

紗；詩行至此，瑤台月下、群玉山頭，這樣的地名即直點出貴妃的美貌，出於塵表，實真天仙也。

　　縱看本詩，本玄宗同貴妃於沈香亭前共賞芍藥，李白應詔作〈清平調〉之詞，其意言貴妃之美，然卻從頭至尾未曾實寫其姿容，詩句起首以花為主體形象，進行描摩，為「奇異化」手法增添新形式，又藉由「想」字展開更為朦朧之「視感」，接繼寫春日花開之時，花色之絕豔，通篇言花，儘管至詩末，由花過渡至人，也不曾實寫貴妃，而僅言其秀麗出於塵表之色，宛若群玉山頭之王母與瑤台月下之仙娥，於是形成玄宗或讀著對於貴妃美麗之新的視覺效果。

　　下一首依舊以花為端，不直接描述貴妃容貌。首句承接前詩，一為承接「花想容」而來，「想」字乃虛寫，而此處「一枝紅豔」已成實寫之筆，視覺感一步步明晰，然而一樣是以花隔擬，即所賞之芍藥狀貴妃之貌嬌無限，視覺依然停留至觸目所及的初春新生花色。在此，又造成兩層視覺上的新奇，初春花色之新，給予賞春者第一次目擊的心動，這是在詩中所形成的詩中人感受，然而，這層新鮮感覺又投射至身畔貴妃姿容，對於花色現實上的新鮮感，於是扣緊了在詩歌中由於以花隔擬而造成的視覺新感受，因此，賞花新鮮，以花之美轉想貴妃也是新鮮，兩層新的感受在詩中與詩外流露。

　　接下來「雲雨巫山枉斷腸」，跟隨之後一句以趙飛燕隔擬貴妃，我們可以看出李白詩中所運用轉想貴妃之美女形象——王母、仙娥、巫山神女、趙飛燕，除了趙飛燕之外，幾乎是神話幻想中的美女圖像，也因此造成視覺想像上的隔閡，因為誰也未曾見過仙女，誰也不知道仙女容顏，如此就創造出貴妃形象的虛幻，給予讀者足夠的空間馳騁於自己幻想中，於是貴妃容貌更是千變萬化，不染塵埃的美麗了。

　　不用本來的名稱稱呼事物，為的是要建立在難以辨識的巧用上，什克洛夫斯基喜用「不能辨識」，認為「陌生化」就是要造成「不能辨識」的效果，而筆者認為如果文學作品因為形式的翻新而造成「不能辨識」的結果，意義將會無法傳達，如此怎麼使人「感知」到新的

感覺呢？因此，形式翻新目的是為了創造內容的新鮮感，而創造新鮮感則是要延長讀者對於事物感受的長度，且有種第一次觸目所及的感動，所以，什克洛夫斯基在肯定讀者感受的同時，就等於認可了作品意義必然傳達，然而，這與他文中處處所言「不能辨識」的用處就形成了矛盾，故而，筆者在引述其言辭時，方才特意將「不能辨識」更改為「難以辨識」，如此更能符合文學符號的傳達過程。

　　藉由以上的解析，可以看出李白描寫事物的本領，在多樣情思與手法的基礎下，翻動一次又一次的新奇，刷新視覺，使得整個詩意的傳達過程因而變得「半透明」化，而意義也變得「難以辨識」，從而讓讀者對於原本熟知的事物變得陌生起來，在重新認識的過程中，因而延長了閱讀的感知時間。

第四節　重複句法

　　什克洛夫斯基說：「文學作品具有一個相同的標誌：即他是為了使感受擺脫自動化而特意創作的，而創造者的目的是為了提供『視感』，它的製作是『人為的』，以便對它的感受能夠留住，達到最大的強度和盡可能的持久」〔註42〕。為了達到延長讀者閱讀時的時間，運用排比也是俄國形式主義完成「陌生化」效果與提供「視感」的辦法之一。因此，排比的目的一般與形象性的目的相同，它是另一種「奇異化」手法，亦為了成就詩歌「陌生化」效果，且清楚區隔出與「無意識化」間形式的新鮮感受；作者往往運用排比形式上的特徵，在詩句結構不斷延續中，加深且加長讀者的感知時間，而什克洛夫斯基也認為排比在形式上有這樣的功能，他說排比是將「把事物從他通常的感受領域轉移到一個新的感受領域，也就是說，某種特殊的語義變化」〔註43〕。

〔註42〕維·什克洛夫斯基原著，二十世紀歐美文論叢書編輯委員會編譯《散文理論》，頁20。

〔註43〕維·什克洛夫斯基原著，二十世紀歐美文論叢書編輯委員會編譯《散文理論》，頁20。

　　亞理斯多德在《詩學》中也論及，詩歌語言具有「異域的」、「奇特的」性質，不論在語音或語意方面，作者特意要將詩歌語言艱深化，閱讀起來必須要顯得困難重重，所謂重複，什克洛夫斯基引用米‧尼‧斯別蘭斯基的話說：「這或者是同一個詞語的簡單重複，或是聲音相諧、意義相同的詞的重複，或是前置詞的重複，或是在相鄰的詩行中，在一行詩首重複上一行詩的末尾的同一個詞」〔註44〕，所以，有時會運用重複相同的聲音或意義以造成語言上的障礙，重複及其具體表現，包含著韻腳和同意反複，排比反複，心理排比，延緩、敘事重複、童話儀式、波折和許多情節性手法等等。不論是小說中，或是詩歌中，皆可見藉由此類似相同的語彙，達到形式上的多樣化，而形式的多樣，正好可以克服不斷形成的「無意識化」，而造成一種「陌生化」效果，這就可謂什克洛夫斯基所說的：「形式為自己創造內容」。

　　什克洛夫斯基對於「重複句法」的陳述，基本上類似於修辭學上的「排比」，我總結他對於所謂「重複句法」的解釋說明如下：
　　　（一）在語義上同中有異，造成事物由它通常的感受領域
　　　　　　轉移至一個新的感受領域。
　　　（二）形式上的重複。
　　　（三）在形式上具有階梯性。
　　　（四）是詩行與詩行間的轉移與重複。
重複句法兩者或兩者以上之間，必須有意義相同之處，如果未有同義詞，亦可以任意詞或派生詞替代之，排比的目的不是為了要達到意義上的明確性，而是作者要藉由形式的重複與重複下的形象差異，以創造新的「感知」，並且阻礙延長感知的時間。什克洛夫斯基在文中就敘述了幾項關於詩歌的排比技巧，例如：
　　　　小小的松樹季季綠，
　　　　我們的瑪拉什卡天天長──〔註45〕

〔註44〕維‧什克洛夫斯基〈情節編構手法與一般風格手法的聯繫〉，收入《散文理論》，頁34。
〔註45〕維‧什克洛夫斯基〈情節編構手法與一般風格手法的聯繫〉，收入《散

在形式上兩句詩有重複之處，在形象上，松樹與瑪拉什卡亦具有相似性，我們常常以人擬樹，以人的成長與松樹的成長相連一氣，利用排比的重複形式延長了審美時間，讀者必須分兩口氣消化詩句，而藉由成長這個形象的轉移——從人過渡至松樹，從而給予了一個視覺上與感受上的新體驗。除了形象上的轉移之外，利用文字上的差別一樣能造成重複句法的阻礙效果，而以上的例子，恰巧兩者樣式皆有，因此不論在形象上具有轉移的新鮮視感，在形式句法的變換上也有轉移之後的新樣貌。只是由於受限中國詩歌固有的形式，形式錯落的重複句法十分罕見，因而，本節的著重點落於重複句法中的形象的重複與轉移。

另外，在什克洛夫斯基書中，他以排比來稱呼重複句法，而本節在此，依舊以重複句法稱之，僅取其精髓，而不取其用詞，這主要是因為要規避修辭用法的名詞使用，此在前言中已有說明；另外，什克洛夫斯基對於重複句法（排比）的定義，重點在於重複、轉移與視感效果，而這些特色以「重複句法」稱之，已經名符其實了，不需要再以排比稱呼。因此，以下筆者所舉的例證，也以這幾種特色為基礎，最為重要的是，在句子形式上的重複與轉移之下，是否能引導讀者走入全新的視覺感受。

這樣的狀況，在李白詩中一樣可以找到類似的例證：

　　君不見黃河之水天上來，奔流到海不復回。
　　君不見高堂明鏡悲白髮，朝如青絲暮成雪。

（〈將進酒〉）〔註46〕

在形式上，兩者屬於重複句法，在內容意義方面，亦是同中有異，相同的是河水與人生的相似處，同樣的不逆返，相反的則是由天上奔流而下的黃河是多麼遼闊、壯麗，大自然的力量如此無極，反觀人的一生卻這般短小脆弱，朝暮間轉瞬即逝；也就是說，黃河的「奔流」入

文理論》，頁35。
〔註46〕瞿蛻園等校注《李白集校注》（一），頁225。

海與人生「朝暮」成老，兩者皆具有匆匆流逝的必然路徑，而天地的無極又反襯出人生的有限，因此，兩者形象同中有異、異中又同，在形式上亦是重複句法，並且在形式上進行「轉移」，因而帶動了內容方面的「重複」與「轉移」。我們可以看到面對歲月如梭的這樣一個平凡的體認，透過黃河奔流形成一個新的感受轉移，於是對於人生歲月如梭的普遍認知，藉由黃河這樣一個新的形象，造成再一次的新體驗，從而延長了感受的時間與新鮮感，這是藉由形式與意義的「重複」、「轉移」而造成的「陌生化」效果。再如另首：

漢月還從東海出，明妃西嫁無來日。

（〈王昭君二首〉其二）〔註47〕

這兩句在詩意上，指昭君遠嫁西域，不再有返回之日，此與月亮升落有相似與相反之處。漢月從東海出，而明妃亦從東方漢宮而行，出嫁之時，尚且有「漢家秦地月，流影照明妃」，漢月同明妃一起出行，然而，明妃一入玉關道，就將「天涯去不歸」；而漢月尚且會夜夜於東海升起，回到熟悉的東方，但是明妃不然，一旦離開漢宮，下嫁西域，就再無返回之日。藉由兩個重複句法，延長了讀者感應的時間，而明妃西嫁一去難返的現實狀態，也由漢月形象的對比而重新獲得新鮮感，因此加深了昭君出塞的悲哀，如果單單只言「明妃西嫁無來日」的話，或許不能使人深刻體悟到那份煙塵茫茫，回首不見來時路的徹底悲哀，然而，藉由上句月亮恆常起落的形象，彷彿讀者真正看到且感受到她異域而居，不得回返的無奈。

鳥啼隱揚花，君醉留妾家。（〈楊叛兒〉）〔註48〕

對於君遇知己，酣留妾家，這樣一個陳述，在意義的表達上很難引發讀者的感知，頂多成為一個認識性的話語而已，但是如果加入「鳥啼隱揚花」的詞句並列，就能生動活絡了詩中意涵。夜色漸深，鳥啼思歸，故而隱於揚花，鳥鳥此番行為引發詩中女主人公綺麗的幻想，作

〔註47〕瞿蛻園等校注《李白集校注》（一），頁298。
〔註48〕瞿蛻園等校注《李白集校注》（一），頁287。

者藉由「烏啼隱揚花」，賦予「君醉留妾家」新的認識，使讀者是透過烏啼藏隱於揚花的形象，從而產生新的視感，重新感受詩中所陳述的君留不去的事實景況。

　　「重複」與「轉移」也是俄國歌謠詩學中排比的典型之一，它所指的是形式上的「重複」、「轉移」所造就內容形象上的「重複」、「轉移」，形式的「重複」有同有異，於是造成內容意義上同中有異。除了上述較為簡易之形式上「重複」、「轉移」之外，尚有「取出部分詞語移入下行向前移動」的形式，這種情形，什克洛夫斯基稱為「移行重複」，如：

> 因為雅赫維知知道瀆神者們的道路，
> 而神者們的道路必將毀滅。〔註49〕

這種「移行重複」比起前文所談的重複句法，就兩者間的美學效果的差異而言，在於「移行重複」更能藉由句法的不斷重複拉長而延長讀者的感知，並且，在句法重複的過程中，如果視覺不停轉換，接二連三的表現出同範圍、同性質但又存在著某種相異的視覺感受的話，那麼對於讀者更形成一種全新且不斷變化的感應。以下舉李白樂府詩一首作為說明：

> 鼎湖流水清且閒，軒轅去時有弓劍。
> 古人傳道留其間，後宮嬋娟多花顏。
> 乘鸞飛煙亦不還，騎龍攀天造天關。
> 造天關，聞天語。長雲河車載玉女。
> 載玉女。過紫皇，紫皇乃賜白兔所擣之藥方。
> 後天而老彫三光，下視瑤池見王母。
> 蛾眉蕭颯如秋霜。（〈飛龍引〉其二）〔註50〕

〈飛龍引〉有兩篇，兩篇皆言皇帝上昇事，乃遊仙詩也。本節僅引第二首詩，因為就移行重複而言，第二首詩較為典型。本詩的移行重複

〔註49〕維·什克洛夫斯基〈情節編構手法與一般風格手法的聯繫〉，收入《散文理論》，頁36。
〔註50〕瞿蛻園等校注《李白集校注》（一），頁231。

分為幾組「乘鸞飛煙亦不還，騎龍攀天造天關」是一組，「造天關，聞天語，屯雲河車載玉女」是一組；而「載玉女，過紫皇，紫皇乃賜白兔所擣之藥方」又為一組。首先，在句構形式上，其兼具重複與移行之美，後一「造天關」句承接前句「造天關」，而後「載玉女」句又承前而來，於是，在句法上延緩了讀者的閱讀時間，但是僅僅是句構上的移行是不足的，必須同時配合新的詩意與視覺效果的移動。

首先探討第一組句至第二組句間的移行作用，所謂「天關」是天體運行中的角星，乃是天庭的門戶所在，故而，其詩意大體是，乘鸞飛向煙霧，騎龍欲抵天庭的外門，視覺從飛翔轉而成已抵天庭，故而有「聞天語」之句；至於「屯雲河車」，出自《列子》卷三《周穆王》篇：「化人之宮，構以金銀，絡以珠玉，出雲雨之上，而不知下之據，望之若屯雲焉」，王琦注云：「此言屯雲河車，言車之多若屯雲也」〔註51〕，因此，當畫布從地面延展天庭，於是展現在目前的是如雲一般多的車駕載著玉女而行。而第二組與第三組句間的連接，營造了更高的天界，不但見到了玉皇大帝，玉帝且親賜白兔所擣之藥方。縱看此詩，是一種由地而天，由天而仙的過程，其相同的部分即是飛仙，而相異之處，乃是漸行漸遠，越來越靠近天庭的層次差異。

> 冬夜夜寒覺夜長，沈吟久坐坐北堂。
> 冰合井泉月入閨，金釭青凝照悲啼。
> 金釭滅，啼轉多。
> 掩妾淚，聽君歌。
> 歌有聲，妾有情。
> 情聲合，兩無違。
> 一語不入意，從君萬曲梁塵飛。（〈夜坐吟〉）〔註52〕

這首樂府詩除了整體皆屬於移行重複外，在首句就展現了移行重複的

〔註51〕詹鍈主編《李白全集校注彙釋集評》（一），天津：百花洲文藝出版社，1996年，頁377。

〔註52〕瞿蛻園等校注《李白集校注》（一），頁253。

句法——「冬夜夜寒覺夜長，沈吟久坐坐北堂」，此言寒冬夜坐，除寒冬本夜長之外，因心似有怨，故特覺夜長；而也因有事於懷，故沈吟久坐於北堂之上。而其意義與句法由「冬夜」移行至「夜寒」，又至「覺夜長」，予人的感覺是觸覺上的一步步加深，由於冬夜於是覺得寒意深深，夜間的寒意藉由句構的移行，已從夜晚本身過渡至詩中主人翁的膚觸間；而後詩句又移行至「覺夜長」，何以夜長？因為詩中人心事重重，此時寒意又由肌膚觸覺過渡至胸臆心間，這是第一句的移行效果。至於第二句「沈吟久坐坐北堂」，一樣可切割為三個部分——「沈吟」、「久坐」、「坐北堂」，將「沈吟」與「久坐」分開，同時也是為了閱讀節奏上拉長「吟」字的音節，使讀者能深深感受到詩中人心事低吟的無奈苦楚，於是「沈吟」移行拉延至「久坐」，也造成「久坐」完成了「沈吟」之久的狀態，於是對於詩中人的哀傷，在感覺上與視覺上又更加深了一層。接下來詩句又移行至「坐北堂」，再次深刻化且具體化了詩中人的「久坐」，並且在視覺上又進一步從僅僅只聞其聲的低吟，到看到人的「久坐」，然後到「久坐」之處的「北堂」，彷彿是電影的拍攝手法，由遠至近，由淺入深。然而，如果將這一組詩句排列為以下這樣，又會產生新的感覺：

　　冬夜　　夜寒　　覺夜長
　　　　　沈吟　　久坐　　　坐北堂

形成階梯性的文字排列，「夜寒」與「沈吟」對應，「覺夜長」又與「久坐」、「坐北堂」互相加深夜長沈吟的事實，錯落與延長並用，而運用這種句法移行與重複、形象移行與重複的手法，可以避免到視覺效果不滯留，不但不滯留，還可以鑿深詩意，延長讀者的美學感應時間。

　　以上僅是此詩首聯內部的移行重複之解析，接下來我將正式進入主題，探討整首詩的移行重複：由於天冷寒極，則冰結於井泉，而又因夜長寂寂，故月入於閨內，當下此時燈光青凝，以照我愁婦之悲啼。詩中的移行重複就從此「金釭青凝照悲啼」開始，移行至下句「金釭滅，啼轉多」，此時忽而燈光滅息，卻輾轉難眠，故啼轉多矣，至此

思婦哀愁的形象從久坐低吟，而至啼哭不止，於是在視覺感受上，哀傷又更加深一層；而後又移行至「掩妾淚，聽君歌」，在句法上，複製了前句詩，而在詩意上，也交疊了「啼轉多」句，掩妾之淚，聽君之歌，此處所思之君藉由「聽君之歌」走至幕前，各家注並未明言所謂「聽君歌」到底是誰唱誰聽，不過，我想所思之君應該是屬於不在場的，否則也不需要詩中人苦苦思念，故而，有可能是思婦由於思念過度，而獨唱夫君昔日所唱之歌，總之，這還是跟「君」有關的事物，在此，讀者進一步地首次接觸到「君」這個對象。而後詩句又移行至「歌有聲，妾有情」，歌則有聲，妾則有情；而接繼著「情聲合，兩無違」，情與聲兩兩相合而無違，反觀我獨處無聊之人，更顯形單影隻；對於情聲之合，又移行到下一句「一語不入意，從君萬曲梁塵飛」，合聲之時，如有一語不合意，縱然聽君萬曲，也不能產生共鳴。此處對於思婦等待思念的心情，作者由單純對思婦行為的描摩移行至藉著「聲」、「情」的相比相合進行類比，使得詩意的陳述不至過於單調。李白樂府詩〈夜坐吟〉除了在句構上有相似移行之妙，且同以思婦等待歸人的哀傷無奈心情貫穿全詩，藉由形象一步步更新，而一步步深刻了思婦的無奈。

移行重複這種文學技巧，似乎希望營造讀者在閱讀中產生「五里而徘徊」的效果，形式句法上不一定要完全相同，僅要相似即可，因為所謂的同中有異，其實就表示了重複與移行。另外，什克洛夫斯基談到排比（重複句法，在此又稱之為排比，因為什克洛夫斯基稱其為排比之故），尚有許多種類，然而，它的功能都是指向同一點，也就是藉由排比這樣一個翻新的形式，創造出「視感性」，強調第一次觸目所及的感受的文字魔力，以增加感覺困難程度和感覺時間的困難形式手法，因為文學藝術感覺上的過程本身就是目的，因此應該盡可能加以延長。

第三章　從英美新批評探究
李白樂府詩的文學性

第一節　英美新批評的理論與其分析走向

　　新批評（New Criticism）這個術語，得名於美國文論家藍色姆（J.C.Ransom）於 1941 年所著的《新批評》（The New Criticism）一書的標題。從某種意義上而言，新批評可說是形式批評的一個派別之一，他與形式批評相似，由一種所謂的「外部批評」（即對作家、社會、種族、環境、時代等批評方式）轉向作品的「內部批評」，重新喚起對於文學本身的重視。

　　新批評思想最早始於愛略特（Thomas・Eliot）與理查茲（I.A Richards），他們借鏡並吸收前人的理論，分別提出「非個人的藝術」和文學的「內在必然性」的看法；儘管兩人的想法不盡相同，但是他們共同之處，就是肯定文學是獨立的藝術體，故而文學批評應該從外部作者轉向內部作品，也正是在這一點上，他們為新批評之出現奠定了思想基礎，且產生了深遠的影響，因而，藍色姆（J.C.Ransom）《新批評》一書問世時，在書中，他論述了兩人的理論，且斷言：「新批評幾乎可以說由理查茲開始的」。爾後新批評的發展幾乎完全拋棄了作者和讀者，在理論上將文本（text）視為批評的出發點和歸宿。

1946 年，新批評陣營中的威姆薩特（W・K・Wimsatt）與比爾茲歷（M・Bearbsley）合著〈意圖謬誤〉（The intentional fallacy）一文，通過論證說明作者創作意圖與文本無關，因為作者雖然早有構思，但是創作中經過文字規律、文體格式等等限制，完成後的作品極可能和作者原本所思所想大為不同，故而不如切斷其兩者間的關連，進行純粹意義的解析，威氏在《語象》一書中亦說：「一首詩只有通過他的意義才能存在——因為他的媒介是詞語——也只能是詞語，他就能擺在那裡——也就是我們沒有理由探索哪部分出自意圖或有意為之」〔註 1〕。威氏要排除作者意圖的立場甚為鮮明，這也是新批評一貫的立場。1949 年兩人又共同發表另外一篇文章〈感受謬誤〉（The affective fallacy），同樣聲名作品本身在文學批評中的重要性，只是將側重點置於排斥讀者的主觀感受方面。他們認為，詩是一個具有其自身獨立特徵的客體，假如研究此客體屬於個人的、主觀的、變動的效果，卻不研究客體本身，無疑是本末倒置的行為。此兩篇論文精湛地發展了新批評的文本中心主義，儘管新批評派文論家有些觀點並不一致，但是這種集中注意力於考察作品的文本，與強調一部作品的獨特性，認為作品是獨立於歷史背景、作者與讀者之外的觀點，可謂他們彼此間共同的特色。

新批評的文論家既然開啓了對於文本內部研究的重視，當然也藉由某些實際批評理論以落實其說法，在分別簡述理論之前，筆者必須提出一項新批評對於文本中意義組織的觀點，也可以說，那些所謂新批評解讀文本的種種方式，幾乎都是服從這個觀點而來的；在威姆薩特《語象》（The Verbal Icon）一書中，他就點出，意義和諧的一致性，對於新批評而言，綜合性、複雜性和最後的一致性是共同構成文學作品的關鍵因素。也就是說，他們十分在意詩歌內部意蘊的對立和諧，作品本身需要有一致性、完整性，從這衍生出來的就包含了兩個範

〔註 1〕威姆薩特《語象》，轉引自郭宏安、章國鋒、王逢振《二十世紀西方文論研究》，北京：中國社會科學出版社，1997 年，頁 361。

疇，詩中各部分相互作用於是產生詩的客觀性的意義結構，這種意義結構表現出詩歌既有的內涵，也就是詩歌本身的意思（meaning），還有就是詩歌某種附帶的外延，一種與現實界象徵性或類比性的關係，他是詩歌的意義（import）；由此就衍生出第二層的對抗平衡關係，即意義結構與手段技巧（如隱喻、類比或反諷等）間，透過對抗與互補達到詩歌內蘊與外延的高度容量。

　　爾後，新批評文論家們所發表的許多關於「文本」內部的實際批評方式，幾乎服從了此意義和諧的一致性，從此衍生而出，詩歌究竟將採取什麼樣的具體手段完成如此複雜的詞語結構，且形成一個文學語言的有機整體；在這方面，有燕卜蓀的「複義理論」（Ambiguity）、布魯克斯（Cleanth Brooks）的「反諷」（irony）與「矛盾語」（paradox）等等，這些文論家及其作品約活躍在 40 年代與 50 年代，他們提出這些理論，藉此以考察語言內部之所以構成文學性的基本要素。這三種實為新批評所喜歡討論的文學組構手法及其理論的簡述，將分別於以下三節中說明之。不論就「複義」、「反諷」或「矛盾語」而言，我們發現，新批評文論家力求剖析並證明意義的多元化，他們認為至少有兩個基項在文字間活動才是文學語言，而此多元複雜性又並非意義的混亂，最終還是要完成意義的一致性，激發出更震撼人心的新意義。從新批評的觀點看中國古典詩歌，甚而剖析李白樂府詩之文學美，雖然與中國文論未必全然相合，但就詩的藝術而言仍是十分恰當的，畢竟，中國詩歌中的濃縮形式，在字質或所謂的肌理間必定蘊含豐富的聯想與無盡的意蘊，所以，筆者欲藉助新批評已具成效的實際批評分析李白樂府詩。

第二節　李白樂府詩中的「複義」現象（Ambiguity）

　　燕卜蓀（William Empson）在一九三〇年出了一本書，書名是"Seven Types of Ambiguity"，中譯《朦朧的七種類型》（1996），但譯為《複義七型》似乎更為恰當，燕卜蓀用 Ambiguity 稱為詩歌語言

的一種常見現象，並且認為複義是詩歌語言的魅力所在，是詩之所以為詩的必要條件，至於 Ambiguity 是什麼意思呢？有人譯為「複義」，或譯為「含混」，我們且看燕卜蓀本人為 Ambiguity 所下的定義為：「任何導致同一文字的不同解釋及文字歧義，不管多麼細微，都與我的論題有關」﹝註2﹞，在此，其意思並非指意義的含混不清，而是指詩歌語言之複雜多義的現象，因此，若譯為「含混」恐怕會招致誤會，故而我們稱 Ambiguity 為「複義」或是「多義」。多義現象並不是文學的缺陷，他是文學美的一種展現，甚至，燕卜蓀將其提升為「詩歌語言的本質」之一，即文學之必然性，他暗示著詩歌作品中含意豐富、字質濃稠，可以做多層次的解釋；而此種特質，恰巧就是文學語言所欲借重的。

關於文學作品的「複義性」，中國文論家也有粗略提過，劉勰在《文心雕龍·隱秀篇》說到：「隱也者，文外之重旨也，……隱以複義為工」，劉勰認為，文章的精華在於有秀有隱，而隱就是語言之外含有另一層意義，又云：「夫隱為體，義生文外，秘響傍通，伏采潛發」，詩歌語言不能讓人一望到底，一定要意在言外，藏隱詞間，方能使人玩味無窮，此外，劉勰還舉了幾個多義的例證：「古詩之離別，樂府之長城，詞怨旨深，而復兼乎比興。……並長於諷諭。……得乎優閑」﹝註3﹞，他這裡點出透過比喻起興與諷諭手法，可以使詩歌達到多義的目的，儘管劉勰對於詩歌複義的論述僅止於此，而他所點出的複義手法，竟與英國文論家燕卜蓀不謀而和。在燕卜蓀 "Seven Types of Ambiguity" 一書中，作為例證的兩百多首詩歌以及歸納而出的七種類型中，就不乏因比喻與諷諭所造成的多義。

除了劉勰提到「複義性」之外，皎然在《詩式》卷一《重意詩例》中也提到「兩重意」，也是類似於「複義」的意思，他說：「兩重意以

﹝註2﹞ 威廉·燕卜蓀著，周邦憲等譯《朦朧的七種類型》"Seven Types of Ambiguity"，杭州：中國美術學院，1996年，頁1。
﹝註3﹞ 劉勰著，周振甫注《文心雕龍注釋》，台北：里仁書局，民87，頁739。

上，皆文外之旨。若遇高手如康樂公，覽而察之，但見性情，不睹文字，蓋詩道之極也」，他所說的大體上不離劉勰的意思，皆是指文學語言有兩層或兩層以上的意義，一層是透過文字表面可以生望出的意義，而另一層則是隱藏於文字間的意義，所謂妙在文字之外，他認爲高手如謝靈運能將性情隱藏於字裡行間，這是「詩道之極」，而這種說法，類似於司空圖所言的「不著一字，盡得風流」，標誌著「複義性」爲詩歌文學的重要因素之一。可惜中國文論家並沒有爲詩歌「複義性」的問題專門立論，形成一個獨立的範疇來看待，只是偶然間的涉及罷了。

　　在西方，也有學者提及「複義性」的問題，亞理斯多德在《詩學》二十一章中所談到的「雙意複言名詞」，以及「三義詞」、「四義詞」，就觸及到「複義性」之相關問題；但是眞正有系統、有組織的研究，還是要歸功於燕卜蓀的 "Seven Types of Ambiguity" 一書。燕卜蓀在此書中，囊括了兩百多首大多數取自古典詩歌的例證，並從作者方面、讀者方面以及兩個方面，找出詩歌意義之所以會有多種理解的七個原因、七種類型，他舉了兩百多個實證，教導大家如何在確定詩歌的含意之下，分析一個句子的豐富含意，且強烈證明「複義性」是詩歌一個強而有力的表現手段。然而，到底詩歌是透過何種手法，達到「複義」這樣一個美學效果呢？這點就是燕卜蓀書中所談到的七種類型之七種方法，雖然這其中分析的並不科學，有頗多的重複以及漏洞穿鑿之處，但是仍有其主軸精神，即歸納此七種類型，除去重複之處，可以發現大體上包含著對比的修辭，比喻所造成意義的融合與分歧，以及詞彙的衝突，與詞義本身名義和語法結構不嚴密，這些造成字質的豐厚與含蓄的手法，並且這種基本精神可謂與「新批評」的本質—比喻、矛盾、調和—同聲一氣。

　　燕卜蓀認爲,複義基本的情況就是一個詞或一個語法結構同時有多方面的作用」，至於如何達到多方面作用的效果，「比喻」就是燕卜蓀眼中重要的途徑之一。實際上，「比喻」本身即是新批評一個極爲

重要的範疇，自理查茲、威姆薩特、藍色姆與書勒特等人都嘗試著以比喻建立修辭手段，雖然他們對於比喻的看法並不完全一致，然而，單純就「新批評」學派對於比喻的重視，是可以肯定的；燕卜蓀書中，雖然不是專門探討比喻，但是他亦認為文學作品通過比喻的手法可以造成「複義性」效果。也就是說，比喻是一種手段，而「複義」則是詩歌之所以為詩歌的基礎，而除了比喻之外，當然尚有其他手段可完成「複義性」，因此，本節所涉及的比喻，目的是要指明一個造成「複義」效果的比喻手法，而非單純的分析比喻。另外，按「新批評」的說法，找出結構上的統一、平衡，閱讀才算完成，也就是說，對文本中各種力量的加工、整理，如對於張力、衝突和分歧的分析，其最終目的皆在造就結構上的和諧。而有時候在兩種意義之下，燕卜蓀十分在意創造兩種相反意義之詩意，藉由互相衝突，產生更豐富的效果，最終正反意義得到協調，而這就是「新批評」學派的基本精神。

　　「複義性」之系統化的討論，雖然出於西方，然而，前文亦提到，中國文論也曾零星出現，而「複義」用於中國古典詩詞，似乎能做更為豐富的解釋，顏元叔先生就說：「英美詩，無論古典的或是現在的，多義性都不及中國古典詩之強。考究原因，可能是因為中國文字的特性，中國古典詩特具的形式，以及中國文字豐富的聯想與影射所致」﹝註4﹞，其實就說中國古典詩的多義性大過英美詩，並且肯定了「複義性」運用於中國詩歌的適切性與必要性。葉嘉瑩先生也說，推論詩歌之所以形成複義的因素可分三種：「其一，由於表現工具——文字念法與語意所能引起的含混模擬，其二，由於表現的內容——作者心中之意識活動之難以確指，其三，由於表現的效果——讀者心中所能引起的感受與聯想之反應之不同」﹝註5﹞，其實他的說法很能概括燕卜蓀的七型，念法與語意引起的「複義」作用，起源於比喻、雙關、某種相關

﹝註4﹞顏元叔《顏元叔自選集》〈中國古典詩歌的多義性〉，台北：黎明出版社，民69，頁255。
﹝註5﹞葉嘉瑩《迦陵談詩》〈一組易懂而難解的好詩〉，台北：三民書局，民59，頁26。

性質或句構鬆散所引發的數義並存，而有時也是作者內心糾結著許多意義，藉由上下文而完成多層詩意，最後所造成的多層意義之展現，有時可以互為闡明，有時會形成兩種相反的意思，但是最終仍然會得到調和，整體反映著作者一個綜合的思想狀態。以下我將舉幾首李白樂府詩以說明其中的「複義」現象。

　　首先，以李白一首極為簡短的樂府詩為例，說明由於句構鬆散而造成的「複義性」的例子：

　　　　玉階生白露，夜久侵羅襪。卻下水精簾，玲瓏望秋月。

　　〈〈玉階怨〉〉〔註6〕

李白這首極為簡短的樂府詩，極受後人讚揚，蕭士贇注：「無一字言怨，而含怨之意見於言外」，《詩歸》卷一六鍾惺評：「一字不怨，深！深！」；應時《李詩緯》評首二句：「不露骨」，評末二句：「一轉更深」，總評：「只二十字，藏無數神情」〔註7〕；這些讚譽說明了這首樂府詩字句之外，蘊含著極為豐富的意義，每句話皆可做多層次的解釋，而這四句詩，又以「玲瓏」二字最妙，故而筆者先擷取後兩句詩談起。若我們將後面兩句詩合起來一起看，或將兩句視為獨立的詩句，就可以看出「玲瓏」在句構上顯現出了兩層的多義性。如果將兩句詩合起來閱讀，「玲瓏」可看做映簾的月色，由於簾為水晶之故，隔簾望月，月色閃爍，相映不定，彷彿是捉摸不定的情感與歸期無定的遠人。若將兩句獨立看待，將「玲瓏」視為秋月的形容詞，寫成「望玲瓏秋月」，則詩意是回房下簾見月，而月色明亮清澈，只見秋月，不見歸人；「玲瓏」一方面修飾「秋月」，形容其明亮清澈，而一方面又暗自修飾望月之人，在形滿的月色之下，更顯孤獨，因此，秋月越是明亮美好，就越襯出閨中女子的寂寞孤獨，形單影隻，而女子越是寂寞，所見明亮月光就更顯痛楚，詩人藉由月色之像與女子之心理狀態互為比喻，互相闡明，因此衍生出極為濃稠的字義。

─────────────────────

〔註6〕瞿蛻園等校注《李白集校注》（一），頁374。

〔註7〕以上所引皆出自詹鍈主編《李白全集校注彙釋集評》（二），天津：百花洲文藝出版社，1996年，頁728～730。

　　再舉一例說明：

　　　長安一片月，萬戶擣衣聲。

　　　秋風吹不盡，總是玉關情。

　　　何日平胡虜，良人罷遠征？（〈子夜吳歌四首其三〉）〔註8〕

這是一首極為含情，又極為盡情之作，陸時雍《唐詩鏡》卷十七曰：「有味外味」，又曰：「每結二語，餘情餘韻無窮」，王夫之《唐詩評選》：「前四句是天壤間生成好句，被太白拾得」〔註9〕。由前賢所言，可知李白這首詩極受讚揚，而原因在於它既豐富又含蓄的文字包容力，而這種字質間的濃度，透過長安、玉門關與良人征處三種不同背景而互相呈現說明，這三者間分開來已具備「複義」效果，而合在一起互相闡明，也引發出更為深刻的意義。

　　首聯的概略的意思是，長安壯丁遠執征戍之役，其妻在家欲寄寒衣，故在秋月之下，家家擣衣聲連萬戶，迴盪於長安城，由於古時裁衣必先擣帛，而多於秋風起時為之，故六朝以來詩賦多以擣衣寫閨思，而月亮有見月思團圓之聯想，因此，僅僅兩句的陳述，已經暗指了和月亮、擣衣相關的情形——秋夜、思念征人，兩層意義在字質間發酵，一輪明月已經牽引無盡的相思與團圓的想念，何況擣衣中又飽含著多少親情、多少掛心，將思念之情一路加深，於是短短兩句詩即展現出含蓄而又豐富的「複義」效果。然而，如果連著以下兩句同氣而下，我們將會發現更為豐富的詩歌意義，三、四句承前句擣衣聲而來，「萬戶」擣衣聲飄落在秋風之中，遠遠傳送，空氣中滿滿都是閨人的思念，即使是蕭瑟的秋風吹也吹不盡因為擣衣聲中飽飽滿滿的盡是哀哀怨怨的「玉關情」，在此，盼望秋風所吹送的不僅是密密縫的征衣，還包含著思念征夫的無限情思，思念之情除了藉由秋風吹送之外，還藉由征衣傳達，這是指「情」的部分。而關於秋風吹送的部分，儘管有秋風吹送，依然「吹不盡，玉關情」，而這份情也就有如萬戶

〔註8〕 瞿蛻園等校注《李白集校注》（一），頁452。

〔註9〕 詹鍈主編《李白全集校注彙釋集評》（二），頁941。

擣衣聲，在月夜下連綿不絕。由此可見，四句連讀，更具有「複義性」效果。然而，如果詩句連接上最後兩句「何日平胡虜，良人罷遠征」，一個「吹」不盡對等著「罷」遠征，「吹」是無限，無限的情愁與無限的等待，還有無盡的擣衣聲，而「罷」這個字就恰恰是擋住所有不盡情愁與等待的城牆，也是擣衣聲終止之處，而也唯有「平胡虜，罷遠征」之時，征人歸來，才不辜負那一輪圓滿明月。這首詩基本上具有極為典型的「複義」效果，除了各組句間含有多層意義外，組合一起更可以相互闡明，增添光彩。

　　李白寫情擅用此種技巧使字質豐厚，以此寫景，更使景色因豐富而生動，下舉〈襄陽曲〉其一為例說明：

　　　　江城回淥水，花月使人迷。(〈襄陽曲〉其一)〔註10〕

此乃李白寫景之作，以自然語寫自然景，之所以能成功的令人感到迷戀字間景色的奇絕效果，亦在於兩詩句的拆散相合所造就的豐富韻味。若將兩句拆散閱讀，綠水縈迴於江城之間，而花月相映，又使人迷戀不已，江城回淥水之美，城內又見花月相映之景，人本已迷陷，又更令人久戀不已；而將兩句合併一起閱讀，則城與水、水與花、花與月、花月又與城，一個「回」字，使其層層縈繞，景景交疊，作者一步一景，隨著淥水彎流，讀者的目光也跟著景色移轉，像似一幅捲軸，隨著流水緩緩展開，景色一幕幕映入眼簾。

　　〈玉階怨〉是由於句構的鬆散，使得字句間留有耐人尋味的空間，而〈子夜吳歌〉則是由於句構間拆散又相合，於是形成濃烈的感覺；然而，另外一首樂府詩〈淥水曲〉則是藉由兩句上下文規定恰好相反的意思，所衍生出來的多層意義。

　　　　淥水明秋日，南湖採白蘋。荷花嬌欲語，愁殺蕩舟人。

　　　　(〈淥水曲〉)〔註11〕

朱諫曰：「南湖淥水，秋月明而白蘋生，採蘋之人，蕩舟於荷花之間。

〔註10〕瞿蛻園等校注《李白集校注》(一)，頁374。
〔註11〕瞿蛻園等校注《李白集校注》(一)，頁444。

荷花嬌而欲語，蕩舟者見之而傷情也。曰『愁殺』者，甚之之辭，蕩
舟蓋指泛湖之人而言也。」黃叔燦《唐詩箋注》：「『愁殺』二字，反
覆讀之，通首俱攝入矣」，〔註12〕後代批評家紛紛讚譽其「愁殺」二
字之驚人力道，然而並無人道出其之所以震撼人心之故，在此，我們
可藉由燕卜蓀所歸納之多義性理論來探究其原因。「愁殺」之所以驚
人，皆憑藉著前三句詩到第四句詩所激發的轉折，首句以寫景起，清
清淥水，朗朗秋月，此時女子擺盪著小舟搖搖而進，忽見荷花嬌嫩半
含半吐，似人之欲語，於是行文至末，女子首次吐露其心情——「愁
殺」，末句才點出女子是在等待遠方的愛人歸來，而如此明媚，充滿
著希望的風光，卻出現於一個孤獨等待的女子眼中，然而，一縷悲傷
情愫卻是由這般清朗的天氣所造成；作者於上下文設計了兩種渾然不
同的情境，使得兩者擁有足以激發「愁殺」的情感力道。此外，在古
代詩歌的共同理解中，亦揭發了另一面意義，採蘋姑娘是未嫁娘，愁
殺即惱殺之意，因為感受到花比人嬌，故而惱殺不已。

　　燕卜蓀在書中亦提到了關於比喻的問題，他說：「我們會不斷地
遇見由暗喻所引起的朦朧（複義）」〔註13〕，因此，藉由隱喻的手法，
會造成多義的展現。一個事物憑藉著與另一個事物的客觀聯繫，促成
比喻手法，有時候，兩個以上的事物藉由比喻的牽連隱含在詩句中，
此時，只有一個主導形象呈現在詩句表面，其他形象則隱沒於字間，
讀者將會藉著事物與事物間的客觀聯繫，而發掘詩中的多義性；有時
候，則是陳述兩個不同的事物於詩句中，而其中彼此有關連，於是造
成多義，以下我就將分別舉例說明：

　　　　春風東來忽相過，金樽淥酒生微波。
　　　　落花紛紛稍覺多，美人欲醉朱顏酡。
　　　　青軒桃李能幾何？流光欺人忽蹉跎。
　　　　君起舞，日西夕。
　　　　當年意氣不肯傾，白髮如絲嘆何意？

〔註12〕詹鍈主編《李白全集校注彙釋集評》（二），頁903。
〔註13〕威廉·燕卜蓀著，周邦憲等譯《朦朧的七種類型》，頁2。

（〈前有樽酒行二首〉其一）〔註14〕

春風東來，忽而過我，吹彼金樽，淥酒生波，一幅風和酒香之景，然春也會老，落花紛紛即乃春老之狀。詩人以春風爲喻，以春風「忽」過，比喻時光流逝，又以美人比喻美好的春光，青軒桃李之景即美人面容姣好之喻，因此，春光意指美好的人生、美麗的容顏，而春來春去，時光流逝，花會凋謝，人亦將凋零，終而白髮蒼蒼。春風東來，春花凋逝，這是一件事物，美人顏色新，終究會凋零，也是一件事物，詩人同時描寫兩種不同的情況，而這兩種情況又彼此修飾，互相闡明對方；並且，在其句構上，可以發現詩人以一種交錯型態在展現此兩種事物，「春風東來」是大自然的春來春往的形象描摹，一個「忽」字展現了時光流動之速，「金樽淥酒」乃是描述當前美好的享樂情境，下一句「落花紛紛稍覺多」，又回應了首句春景，而「稍覺多」又比首句「忽相過」更具有時光流逝的力道，因爲他以落花紛紛更爲立體的展現「忽」的感覺，接繼著「美人欲醉」句，又標誌著人生、青春的美好，而後「青軒桃李能幾何？」，又回到時光流逝無情，並且比起前兩句形成更爲強烈的呼喊。詩人這種安排，使得讀者不需要閱讀到末句，就能藉由交錯的句構，互相闡明的比喻關係，而體會到字裡行間的多義性。

除了〈前有樽酒〉具有比喻性質的多義性外，〈楊叛兒〉也是一例。

> 君歌楊叛兒，妾勸新豐酒。何許最關人？烏啼白門柳。
> 烏啼隱楊花，君醉留妾家。博山爐中沈香火，雙煙一氣凌
> 紫霞。（〈楊叛兒〉）〔註15〕

君歌〈楊叛兒〉之曲，妾勸以新豐之酒，此時此刻，何處最牽動人心？烏鴉啼隱於白門柳，這是前四句的淺明意思。李白往往以烏棲入詩，表明時間爲黃昏之時，與歸回定點之際，回頭再看此處的烏啼柳間，

〔註14〕瞿蛻園等校注《李白集校注》（一），頁251。
〔註15〕瞿蛻園等校注《李白集校注》（一），頁287。

承上文，君歌謠曲，妾勸美酒，多麼美好的時光，然而轉眼間卻是黃昏時分，此時，在女主人公的心中，最希望何事，她的眼光望向白門柳，烏棲之處，因此，此處就啓開了以烏棲比喻君行所造成的複義效果；一義乃指其字面意義，烏鴉啼隱柳間，一義即指君留妾家，此乃單一的陳述，而此種陳述卻暗指了與其相關的各種情形，於是造成了詩歌的複義性。

「烏啼白門柳」此句詩所隱含的兩層意思，在下兩句詩中得到了顯白的證明——「烏啼隱楊花，君醉留妾家」。而下兩句詩人又運用相同結構的比喻技巧來達到多義，〈楊叛兒〉古辭云：「歡作沈水香，儂作博山爐」，今博山爐中燃沈香之火，雙煙合爲一氣，纏纏綿綿裊凌紫霞之上；煙雖有二，卻合爲一氣，此喻兩人感情，由地上天，至死不分，這樣的比喻於是造成多義性的展現。

因此，最後強調，本節所舉之例，並非僅是一字一句間含有比喻手法，李白樂府詩中任何種類的比喻手法多如牛毛，因此，此處是將比喻的層次提高，它是形成多義的一個手段，因而，我所舉的例證，皆非單純的比喻手法，而是一首詩本身在結構上，就具有比喻所造成「複義」的語言特色。

第三節　李白樂府詩中的「反諷」（irony）

「反諷」一詞，來自希臘文，原爲希臘古典戲劇中的一種固定的角色，即「佯作無知者」，在自以爲高明的對手前說傻話，但最後這些傻話證明是眞理，因而使對方認輸，在這個意義上，這個詞通常譯爲「諷刺」和「滑稽」，且皆侷限於修辭的範圍中。到了十九世紀初，德國浪漫主義文論家又使得這個概念擴大，施萊格爾就將這個概念與悖論相聯繫，將其提升到美學的高度來討論：世界就其本質而言，是似非而是的；只有憑藉一種矛盾態度才能抓住互相抵牾的總體性。因此，爲了與修辭意義區別，Irony 被譯爲「反諷」。

　　而後，新批評派使用「反諷」這個概念時，含意更爲複雜，艾略特、理查茲、燕卜蓀都談到過「反諷」，但布魯克斯對此做了最詳盡的解釋，他將「反諷」定義爲「語境對一個陳述語的明顯的歪曲」〔註16〕。於是，從這個意義衍生，「反諷」又被用來稱呼詩的結構原則，布魯特斯的一篇論文的標題就是〈反諷———一種結構原則〉；布魯克斯認爲，爲了使得一首詩是互相的有機的聯繫在一起，並且間接的與主題相關，所以我們必須要考慮到「語境」（context）的重要性，詩歌中的意義，勢必受到「語境」的牽絆，這就如同戲劇中，人物的對白所產生的意思，總是受到當下戲劇的背景情勢修正。

　　故而，「語境」賦予特殊的字眼、意象或陳述語以意義，因此，當「語境」對於一個陳述語明顯的歪曲衝突時，就產生了「反諷」。布魯克斯在〈反諷———一種結構原則〉一文中，舉了這樣一個簡單的例子，他說：「這是一個大好局面」，在某些語境中，這句話的意思與其字面意義剛好相反，在語境的意義上，所表達的是「這是一個很不好的局面」，而在字面意義上，所代表的意思就是「這是一個好局面」，於是「語境」對字面意義進行了歪曲，「反諷」就產生了，〔註17〕當然，「反諷」不僅僅是諷刺的形式，其實「反諷」是包含著多樣性的：「悲劇性反諷、自我反諷、嬉弄的、極端的、挖苦的、溫和的反諷等等」〔註18〕。然而，在這個意義上，「反諷」不僅與張力論、不純詩以及有機組合的概念相溝通，純的與「雜質」、互相干擾衝突、排斥、乃至於互相抵銷的方面，最終在詩人手中結合成一個穩定的平衡狀態，形成一種統一性，這便是矛盾對立的統一。「反諷」有時會透過「隱喻」或「類比」展現於語言上，而由詞語本身或意義結構造成的一切歧義或者張力，讓讀者感受到作者意在言外，詩

〔註16〕布魯克斯〈反諷——一種結構的原則〉，收入《新批評文集》，北京：
　　　　中國社會科學初版社，1988 年，頁 335。

〔註17〕例證出自布魯克斯〈反諷——一種結構的原則〉，收入《新批評文集》，
　　　　頁 336。

〔註18〕布魯克斯〈反諷——一種結構的原則〉，收入《新批評文集》，頁 335。

歌結構因此前後悖論但又意義協調，於是，造成最大限度地擴展了詩歌意蘊。

「反諷」一樣被「新批評」提升至文學基本特質之一，因此，它也是詩歌文學性的展現，且是詩歌語言與科學語言區別的關鍵之一，布魯克斯說：「一個沒有反諷可能性的陳述語——一個不表現語境任何影響的陳述語，會是什麼樣子呢？你勢必要舉出像"二加二等於四"或者"直角斜邊長平方等於另兩邊長平方之和"這類術語了」〔註19〕，畢竟，這些術語的意義不受任何語境影響，在任何語境中意義皆相同，這就是科學語言，不容許所言非所指的；然而，文學語言不能如此，為了要使語言餘韻無窮，不但容許並且肯定所言非所指的作法，如此可造成讀者認為敘述者意在言外，可以透露出事件的前後悖論但又意義協調。

反諷的基本類型是「所言非所指」，但是它分為很多類型。趙毅衡就曾將反諷的語言技巧分為三類：「所言非所指」、「複義兼反諷」與「悖論式反諷」〔註20〕。其實這幾種是相和而非相衝的，反諷由於承受語境間的壓力，於是會造成兩種以上的意思是很正常的情形，而兩種相反的意義如果並列於字面上，也就形成了矛盾語（即趙毅衡文中所言的悖論語言），因此，有時候單一詩句會有多種手法重疊，它可能同時是反諷，又同時是複義，或者矛盾語，為了避免太過於混亂，複義與矛盾語的部分分別於其他章節討論，本節專就詩歌語言反諷的部分，進行說明。李白樂府詩中往往觸及現實諷刺與宮中行樂的詩篇時，就會運用反諷筆法，除了在各自詩句中呈現反諷外，結構上亦具備反諷的基型，而且李白諷刺總是信手拈來又隱隱不露，但卻又撞擊出極具效果的張力。以下舉幾例分析之：

　　姑蘇台上烏棲時，吳王宮裡醉西施。

〔註19〕布魯克斯〈反諷——一種結構的原則〉，收入《新批評文集》，頁336。
〔註20〕朱棟霖等主編《文學新思維・拆散七寶樓台》，南京，江蘇古籍出版社，1996年，頁48。

　　　　吳歌楚舞歡未畢，青山猶銜半邊日。

　　　　銀箭金壺漏水多，起看秋月墜江波，東方漸高奈樂何！

　　　　（〈烏棲曲〉）〔註21〕

這首詩歷代批評家多認為是諷刺之作，諷刺唐玄宗與楊貴妃之事，蕭士贇曰：「盛言其樂，而樂不可長之意自見，深得國風諷刺之體」，《唐詩合解》：「此太白借吳王以諷明皇之於貴妃也」，〔註22〕而其諷刺又深藏不露，無一字罵語，卻是從容高雅的以時間流逝為主軸，自日暮而起，直至天明，營造宮廷中歌舞繁華之氣氛，而在這其中，又隱含著諷刺。

　　我們依循「新批評」細讀之閱讀原則，從頭解析。本詩的「反諷」有好幾層，就整首詩而言，他是以吳王諷刺唐明皇寵愛貴妃，荒淫享樂之事，此乃以古諷今；就細部而言，李白是如何在藝術手法上藉由所言非所指的「反諷」，而達到「寄興深微」的藝術效果。首先，詩中出現幾個象徵衰敗的意象——「烏棲」、「落日」、「墜月」，字面上的意義就已給人向下沈淪的文字意義，而此三個文字意象，也恰好是整首詩時間的銜接點，詩人藉此銜接時間，中以「銀箭金壺漏水多」的標準時間借代「金壺」貫穿時間之河，表達著宮中歌舞不斷，從黃昏醉到天明之無厭，然而，這三個詞語又同時隱含著另一層與繁華歌舞相反的意義，即蕭瑟的亡國之途；這種同一個詞語但卻具備著兩個恰巧相反的意義，是「反諷兼多義」的混合，他表達了既繁華又衰落的歷史事實，除了自身詞語的「反諷」外，還包含著以古諷今的「反諷」，敘述至此，已經顯示出了兩層的「反諷」了。

　　除了以「烏棲」、「落日」、「墜月」之落敗的形象來銜接時間外，尚有「未畢」、「起看」兩個具有動作性的詞語夾入時間，賦予了歌舞不厭的生動形象，最為生動的就是「起看秋月墜江波」句，這句詩本身就具備了「反諷」性質，遊至夜半，幾近天明之時，遠望江波，一

──────────────

〔註21〕瞿蛻園等校注《李白集校注》（一），頁220。

〔註22〕詹鍈主編《李白全集校注彙釋集評》（一），頁342。

輪明月緩緩墜落，「墜」這個動詞除了前文所提到的意象外，尚且擁有時間移動的感覺，並且給予明月生動擬人的形象，因此，就寫景的角度而言，他刻畫了一幕美麗的江畔明月，與姑蘇台的浪漫愛情遙遙相應，然而，這句詩亦反諷了荒淫遊樂，天明不止的荒唐事蹟，這層意思也同時在「起看」與「秋月墜江波」句中隱隱表露。

前面我都從時間上著筆，揭露詩人藉由時間表述所造成的「反諷」效果，而現在我所要談論的仍是本詩起首兩句「姑蘇台上烏棲時，吳王宮裡醉西施」所造成的空間上的「反諷」，以「姑蘇台」、「吳王宮」起句，可看出詩人所要表達的諷刺意義不遠了。「姑蘇台」本身就具有「反諷」的意味，「姑蘇台」同時象徵了熱鬧、繁華，華麗的吳國宮廷，而他同時又是淒涼、衰敗，吳國腐敗的開始，因此，詩人採用當時吳國最為華麗的「姑蘇台」開端，其同時暗指了衰敗的吳國，於是方能統合以下「烏棲時」這樣一個黃昏末日的景象，形成一個完整的意象描繪。下一句「吳王宮裡醉西施」，亦是同樣的筆法，使用歷史上繁華誇張的宮廷空間，再加以容納吳歌吹起、西施蝶舞的笙歌夜半，於是能達到非常具有張力的「反諷」，詩人就是要運用極為冗長的時間和繁華的空間，這樣的誇大陳述，而暗指著相反的情形。以下再舉一例詩說明。

> 長安白日照當空，綠楊結煙桑裊風。
> 披香殿前花始紅。流芳發色繡戶中。
> 繡戶中，相輕過。飛燕皇后輕身舞，紫宮夫人絕世歌。
> 聖君三萬六千日，歲歲年年奈樂何！（〈陽春歌〉）〔註23〕

白日、春空，宮外一幅春城景象，綠楊與煙纏綿，桑枝低低地在春風中搖曳，而披香殿前春花始開，流芳發色，盈於繡戶，融融然一片陽春景象。宮內有如皇后趙飛燕者，輕身擅舞，又有如紫宮李夫人者，絕世善歌；我們且看詩中所有描景之語，皆是極為亮麗的色彩，營造一幅春城飛花之象，春景無限，於是君王之樂亦無窮，直至詩行於最

〔註23〕瞿蛻園等校注《李白集校注》（一），頁286。

末兩句「聖君三萬六千日，歲歲年年奈樂何！」，與前景相反的情形才由此吐露而出，因此，整首詩所呈現的就是反諷效果。

此外，最末兩句詩本身亦構成了反諷，順著前文明亮場景連續而下，那一幅融融然陽春景象與宮廷樂事綿綿延延了三萬六千日，而後再次綿延了歲歲年年。因此，創造了一種反諷的放大層次感，詩人彷彿拿著放大鏡從詩句起首明亮的場景、昇平的歌舞開始，一步步放大且在時間上使用「三萬六千日」與「歲歲年年」，終而以時間性的放大以加強詩歌刻意要呈現的力道，而此時末句再以「奈樂何」收尾，以簡單、虛弱的三個字，卻營造出那種放大之後突然衰落的感覺，於是更可以感受出字質間所散發出來的無奈。並且，為了更加強彼此的落差所創造的反諷力道，故而取材於歷史上典型的典故，於是提到飛燕與李夫人，以一種典型的、誇張的人物景色描述，來反諷當今君王的荒誕享樂，背景越是亮麗，典故越是典型，反諷的力道就越大越強。

李白樂府詩中這種以典型例證進行反諷的詩句，多不勝舉，而且他多喜以極為明亮的形象話語來描摩宮中樂事，至末句再以若有似無的諷刺言詞輕輕收尾，從而造成一正一反極為誇張的效果，而加強其張力，〈宮中行樂詞八首〉就是一個極為明顯的例證，本文舉其中第三首進行說明：

> 盧橘為秦樹，蒲桃出漢宮。煙花宜落日，絲管醉春風。
> 笛奏龍鳴水，簫吟鳳下空。君王多樂事，還與萬方同。

〈〈宮中行樂詞〉其三〉〔註24〕

對於這首詩的評論，已有前人點出其所蘊含的諷刺之意，梅鼎祚《李詩選》卷二引：「樂與萬方同，亦是諷諫」〔註25〕，唐汝詢《唐詩解》卷三十三：「此以大樂諷天子也」〔註26〕，沈德潛《唐詩別裁》

〔註24〕瞿蛻園等校注《李白集校注》（一），頁380。
〔註25〕詹鍈主編《李白全集校注彙釋集評》（二），頁750。
〔註26〕（明）唐汝詢選釋，王振漢點校《唐詩解》（下）河北：河北大學出版社，2001年，頁876。

卷十：「中有規諷」〔註27〕，高步瀛《唐宋詩舉要》卷四：「託諷深婉」〔註28〕，皆點出本詩反諷的特質。而除了詩中明顯的反諷含意外，整首詩的結構也是一種反諷型態，特別是一虛一實間所跌宕出的語境與陳述語的差距，反諷本是語境對於一個陳述語的明顯歪曲，而特別是李白喜用盡可能誇大的手法來營造明亮的環境，而後再跌落出他所要表達真正的勸意。

首聯意思是，行樂之處有盧橘、蒲桃，而盧橘本生於仙境，而今卻在目前，而蒲桃原產於西域，而今卻為口中之物，兩句詩句由虛到實，由仙境異域果實之美妙落實至人間宮殿觸目所及，盧橘與蒲桃本身就賦予了果實的珍貴性，而如此珍貴的果實卻已移種於眼前，於是讀著根據這樣的情景，可以推斷出與其相關的各項事物，即包含著宮廷的極度奢華和享受。下一聯「煙花宜落日，絲管醉春風」，尤其是「煙花宜落日」句，蘊含著令人意想不到的反諷衝擊；煙花綻放於初春三月，如此美好鮮嫩的事物，卻適宜在一日之盡的落日時觀賞，詩行至此，形成一個小小的反諷，將代表一季之始的煙花，對上一日之終的落日，而且以一個「宜」字，將兩項相反狀態的事物，強硬的繫聯在一起。因此，也可以說「宜」字的本身，就是一項反諷。煙花與落日兩道力量的拉扯，使人懷疑「宜」字的適切性，而這層懷疑於是造就讀者無限的想像空間，隱含著光明與衰落的沈沈享樂，似乎一切都很美好，而美好中間又反諷著即將走到盡頭的帝國末日。下一句「絲管醉春風」，又更拉緊了反諷的力道，因為加入了「春風」，再次的與前句「落日」形成對立，而「醉」字的本身，更加深了在春風中享樂的濃郁氣氛。接繼的後兩句「笛奏龍鳴水，簫吟鳳下空」，以龍鳴鳳吟形容絲竹之聲，可見其美妙程度，有恍若虛境、仙樂風飄之感，此舉又將前句那份沈沈的享樂氣氛，整個拉提起來，應承首聯；就在人

〔註27〕　（清）沈德潛著，王雲五主編《唐詩別裁》（三）台北：商務印書局，民45，頁35。

〔註28〕　（清）高步瀛《唐宋詩舉要》台北：學海出版社，民77，頁455。

皆飄飄欲仙之時，詩人又冷靜地留下最末兩句「君王多樂事，還與萬方同」，意爲君王賞心樂事如此之多，又豈可獨樂，必將推於萬方，使人民同樂，周廷《唐詩選脈會通》說：「末句諷喻昭然。一篇得此結，振起幾多聲調」〔註29〕，而尾聯所以能形成這樣巨大的效果，不得不歸功於前句的鋪排。

　　李白十分擅用極爲鮮明誇張的形象，而暗指相反的性質，使得字質間蘊含著極大的延展力，就如同人們拉扯橡皮筋一般，南轅北轍朝著兩個方向的拉扯，所用力道越是大，反彈力也就越是激烈，李白樂府詩中反諷最大的特色就在於兩種相對意義間激烈的反彈力，他所營造字質間的緊張關係，就是愛倫・退特所說的「張力」理論。而所構成「張力」效果的誇張形象，往往是以明亮的春景，華麗的宮室，或爭艷的美人嬪妃，以此構成君王人生之大樂，這樣的鋪排處處見於〈宮中行樂詞〉中其他詩句：

　　小小生金屋，盈盈在紫微，山花插寶髻，石竹繡羅衣。

　　（〈宮中行樂詞〉其一）〔註30〕

　　柳色黃金嫩，梨花白雪香，玉樓巢翡翠，珠殿鎖鴛鴦。

　　（〈宮中行樂詞〉其二）〔註31〕

　　繡戶香風暖，紗窗曙色新。宮花爭笑日，遲草暗生春。

　　（〈宮中行樂詞〉其五）〔註32〕

　　寒梅雪中盡，春風柳上歸。宮鶯嬌欲醉，簷燕語還飛。

　　（〈宮中行樂詞〉其七）〔註33〕

　　水淥南薰殿，花紅北闕樓。鶯歌聞太液，鳳吹遠瀛洲。

　　素女鳴珠佩，天人弄綵球。今朝風日好，宜入未央遊。

　　（〈宮中行樂詞〉其八）〔註34〕

〔註29〕詹鍈主編《李白全集校注彙釋集評》（二），頁750。
〔註30〕瞿蛻園等校注《李白集校注》（一），頁378。
〔註31〕瞿蛻園等校注《李白集校注》（一），頁379。
〔註32〕瞿蛻園等校注《李白集校注》（一），頁383。
〔註33〕瞿蛻園等校注《李白集校注》（一），頁384。

作者將天下樂之極，美之極，皆歸於天子帝王家，在這些詩句中，營造了一片祥和美麗的春景，在美麗之中，又透著華麗香暖，而把這種味道寫得最出神的，當是「柳色黃金嫩，梨花白雪香」與「繡戶香風暖，紗窗曙色新」兩組詩句，彷彿春天的鮮嫩、馨香是可以聞嗅出來，像新鮮的水果般，嬌嫩得要滴出水來一樣；這樣的美好都是極為絕對的，作者將這幅春天行樂的畫，打上最亮眼的底彩與醉人的歡愉，在此之中，所隱隱不露的反面意思，除了諷諫天子大樂之外，還蘊含了兩種相反意境，一則美好事物不長久，一則美好時光流逝急速。

> 玉樹春歸日，金宮樂事多。後庭朝未入，輕輦夜相過；
> 笑出花間語，嬌來燭下歌。莫教明月去，留著醉嫦娥。

（〈宮中行樂詞〉其四）〔註35〕

往往在最為沉醉的歡愉中，人所感受到的是一種麻痺的空虛。此詩乃賦夜宴，對於歡樂而言，夜宴本身就是歡樂極至的典型，也是一種對於時光流逝，連帶沖刷著美好事物的恐慌感，故而夜來秉燭遊，所以詩中越是描述美好，其背後所透出的恐懼就越為巨大。此詩首聯同樣地以美好明亮光景寫入，而後一樣是盡情鋪陳所有美好的樂事，春來後庭，玉樹之美，輕輦相過，美人笑出花語，竹下清歌，好一幅香暖之色，就連尾聯「莫教明月去，留著醉嫦娥」，亦發香軟浪漫之語，然其中隱含隨著夜盡月下，任何美好事物都即將消逝的憂愁，明月不能留，代表著時光流動急速，人企圖想要留住什麼，然而時間是恆動的，只能任歲月從指間溜走，卻什麼也抓不住，「嫦娥」是美女的象徵，美人亦隨著時光消逝，一個「莫教」下的最好，寫盡那份欲留不得的隱憂。作者不明寫歡樂聚散，只是藉由相容於詩景的美好可樂之事，重重疊疊一氣而下，於是製造出字質間的「張力」與包容，故而荒唐、嬌奢、空虛之態俱見。類似的筆法意境，在〈宮中行樂詞〉第一首尾聯「只愁歌舞散，化作綵雲飛」亦可窺見，但以「反諷」的角

〔註34〕瞿蛻園等校注《李白集校注》（一），頁385。
〔註35〕瞿蛻園等校注《李白集校注》（一），頁382。

度觀之，還是第四首寫得佳妙，因爲第一首已實寫「愁」、「散」、「飛」，那股驚恐哀嘆之感，究竟缺乏第四首的妙化，於是所激盪的「張力」也就沒有這麼強大了。

　　此外，詩文前部分以誇張的字句、華麗的言辭進行鋪排，最終再娓娓道出內心諷刺的眞意，從中製造字質間的壓力，這種手法，不僅僅只見於李白樂府詩，在漢賦中，以京都羽獵爲主的長篇大賦亦可見到與此相似的情況。漢賦的作用與本質，本就與諷刺有關，司馬遷《史記・司馬相如傳贊》曰：「相如雖多虛辭濫說，然其要歸，引之節儉，此與詩之風諫何異？楊雄以爲靡麗之賦，勸百諷一，猶馳騁鄭衛之聲，曲終而奏雅，不已虧乎？」〔註36〕，班固《兩都賦序》中亦言：「或以抒下情而通諷諭，或以宣上德而盡忠孝，雍容揄揚，著於後世，亦抑雅頌之亞也」〔註37〕。以上引文透露出兩種訊息，首先，以儒家的角度而言，漢賦挾著諷諭美名而來，因此在行文至終，會添上諷諭之文，以完成不失儒家美名的優秀傳統；而從藝術角度而言，前文以誇張揚麗的手法進行龐大華麗的形容，與後文的勸諫之文兩者截然相反的陳述語氣，是十分特殊的，只是很可惜，當代與後世批評家往往侷限於政教的角度看待漢賦的此種特色，鮮少有人站在純粹藝術的角度挖掘其特點。

　　因此，跳脫徵聖、宗經的儒家傳統，將整個問題歸結於藝術視野內，在這方面，李白樂府詩宮中行樂的部分，是具有絕對性的啓發效果的。就接受者而言，由於相較於漢賦鋪陳壯大的詩散體式，樂府詩相對而言精簡許多，使讀者不至於陷溺在龐大的字句間，而難以感受兩種相對意義所醞釀的緊張關係，也就是說，漢賦中前文的鋪張揚麗與後文之勸諫，兩者間的落差在藝術手法上而言，並非壞事，只是漢賦長篇巨製，使人難以發現這其中的藝術力量，而李白樂府詩使用此

〔註36〕（漢）司馬遷著，楊家駱主編《新本史記三家注》（四）〈司馬相如列傳第五十七〉台北：鼎文書局，民86，頁3073。

〔註37〕郭紹虞《中國歷代文學論著精選》（上），台北：華正書局，民80，頁108。

種手法時就不會造成這種缺點，由於樂府詩短小許多，勸百與諷一間的字質張力，就會很強大的體現在接受者眼前，這種力道是直接的，畢竟有了發現與感受，才能落實於文本藝術分析。再而，李白樂府詩中的反諷，是具有極高之藝術價值的，從詩句間小型的反諷，到整首詩均由反諷構成的基型，都是種有意識的藝術鋪陳，詩句大半部分用以華麗、典型、誇張的詞句暗指相反的情況，已超出漢賦純以政教目的為主的儒者心態。

因此，李白將這種特殊的形式帶入了純文學的系統中，於是也引導讀者以文學藝術性的視角切入，這是他在風雅之體外，所體現的藝術價值，而營造出這種特殊的字質張力，更能加深強化反諷的力道，形成更加驚心動魄的藝術效果。

第四節　李白樂府詩中的「矛盾語」（paradox）

布魯克斯（Cleanth Brooks）在"The Well Wrought Urn"首篇"The Language of Paradox"中，開宗明義就說：「很少有人會同意這樣的說法：詩的語言是詭論語言（矛盾語）」〔註38〕，並說：「詭論正合詩歌的用途，並且是詩歌不可避免的語言。……詩人要表達的真理只能用詭論語言」〔註39〕，他將 Paradox 視為詩歌必然的表現手段。至於 Paradox 的中文翻譯，有人說是「詭論」，有人翻成「悖論」，也有翻成「逆說」，在此，本文則使用「矛盾語」這個譯法〔註40〕。那麼，什麼是「矛盾語」呢？布魯克斯曾以 Wordsworth " Composed upon Westminster Bridge" 為例說明，他說這首詩之所以好，之所以有力

〔註38〕 Cleanth Brooks,*The Well Wrought Urn*, San Diego, New York, London : Harcourt Brace Jovanovich, 1975, pp.3。

〔註39〕 Cleanth Brooks,*The Well Wrought Urn*,pp.3。

〔註40〕 筆者於〈希望在絕望中燃燒——論李商隱《無題》詩中的「詭論」〉一文中，使用「詭論」二字，一年後撰寫碩士論文，經思考後認為「矛盾語」的用法更直白且能表現出兩種相反意義所激發的張力，故而改之。

量，其來源都在於「矛盾語」：

Dear　God！The　very　houses　seem　asleep；
And　all　that　mighty　heart　is　lying　still！
（上帝，重樓疊宇都在沉睡，整個強大的心臟靜靜躺著）

這首詩主要是在敘述以往充滿工業化氣氛的倫敦，竟然在晨間如此動人，"The river glideth at his own sweet will"，河流也可以擁有自己甜美的意志，不必再機械化的接泊船隻，最後作者說「房屋似乎在沉睡」；這就是一個「矛盾」情景，因為，這裡說它們在沉睡，其實就是說它們活生生的——"asleep"與"alive"是兩項完全相反的意義，作者刻意營造這種矛盾碰撞，將語言的變動性加大，以容納第三種觀點；所以，作者在這裡的意思是，早晨的房屋表面上是在沉睡，但是它們並不是真正的沉睡，沉睡的是被工業化利用的倫敦，而此刻的倫敦是活生生的，它有靈動的自然氣息、甜美的自由意志，布魯克斯還說：「詩人對這些房屋能說的最使人激動的事，就是沉睡」〔註41〕，也因為這樣使用極端意義的刻意經營，詩歌才顯出其強大的文字張力，令人於其中玩味無窮。

布魯克斯這種說法，以中國式的觀點來看，類似意的雕琢，它並非刻意以采麗競繁進行形式上的雕琢，而是意義的深鑿，當然，在中國，造成詩歌玩味無窮的方式很多，有人就提出「含蓄」這一項，如《文心雕龍‧隱秀》：「深文隱蔚，餘味曲包」〔註42〕，劉勰覺得較佳的詩歌語言，應該是不要讓人一眼望盡所有的意思，其中有些意義是需要隱藏起來的，但是《文心雕龍》並沒有進一步說明該怎麼隱，又該怎麼表露，才能造成言外之意。筆者認為布魯克斯在此提供了一項好方法，他認為詩歌一切語言均是「矛盾語」，因為詩人並不能使用一種記號（notation）做詩〔註43〕，詩是詩，它不該以平鋪直敘的語

〔註41〕Cleanth Brooks,*The Well Wrought Urn*,pp.6.
〔註42〕劉勰著，周振甫注《文心雕龍注釋》，頁739。
〔註43〕Cleanth Brooks,*The Well Wrought Urn*,pp.9.

言出現，那麼該如何？他覺得利用兩種矛盾相反的意思是一個不錯的方式，這樣一來，所產生的第三種意義不但可以包含前兩者，更可以形成強度更大的語言意義，此外，李白樂府詩中往往在用字上多使用淺白的語句，我們在閱讀他的詩時很少需要翻譯，就可以容易的了解其字面上的意思，並且，其內容通常也是一些最平凡的狀態、動作、環境，可是其詩運行之中所散發出來的藝術力量，卻往往是驚心動魄的，其中秘密爲何？恐怕也是著力於意義的深鑿，布魯克斯的「矛盾語」似乎可以提供我們一個探討的途徑，以下將舉例論述之。

　　五月天山雪，無花祇有寒。笛中聞折柳，春色未曾看。

　　曉戰隨金鼓，宵眠抱玉鞍。願將腰下劍，直爲斬樓蘭。

　　（〈塞下曲〉其一）〔註44〕

此詩乃述天山苦寒之地，將士曉則出征，夜不解鞍，心心念念所思所想即斬樓蘭以報天子。然前四句將塞外苦寒之淒，描述的清楚又深刻，首聯「五月」與「天山雪」，「花」與「寒」，五月當是春夏煙花滿天的時節，但在塞外天山之上，不見暖意，倒見雪花遍地，作者將此四項並列，先突顯「五月」與「天山雪」不搭調的尷尬矛盾場景，醞釀艱難困苦的外在環境，以激發詩中的苦意，在如此惡劣的環境中，「無花祇有寒」成爲必然，且將「花」與「寒」兩種對比的狀態再次並列，激發一個小小的高潮；然而字質張力至此未終，以下兩句詩更是藉著兩種相反的意義，激發出又苦又寒的境地，「笛中聞折柳」，「折柳」本身就蘊含了兩種意思，它本身是古樂府題名，出於北國，即是鼓角橫吹曲《折楊柳枝》，另外，桃紅柳綠乃春天之象，而今聞於笛中，好一片風光的春天氣味，但是詩句立刻急轉直下云「春色未曾看」，折柳卻無春色，原來春色僅能聞於笛音，而花柳之色終未嘗見。作者藉著似暖非暖，虛暖實寒的鋪排，成功的激發出將士那份可憐春柳笛中聞的苦寒之淒。

　　以下再舉一首更爲典型的詩例說明之：

―――――――――

〔註44〕瞿蛻園等校注《李白集校注》（一），頁362。

　　黃雲城邊烏欲棲，歸飛啞啞枝上啼。

　　機中織錦秦川女，碧紗如煙隔窗語。

　　停梭悵然憶遠人，獨宿孤房淚如雨。(〈烏夜啼〉)〔註45〕

這首樂府詩可說是悖論兼反諷的典型，但是我將他歸於本節而論，乃是因為在詩中所展現的「矛盾語」比「反諷」明顯，而其中兩者最大的差別在於，「矛盾語」是兩個相反的意義同時於字面上出現，而「反諷」則是一個詞語其字面意義與其隱含意義剛好相反。這首樂府詩所藉由的烏鴉起興，與繡閣思婦兩者間所激發的衝突矛盾，是在字面上展現的，筆者因此置於本節論述。

　　城邊雲黃，日將落矣，正是倦鳥還歸之時，「欲」這個動詞，給予了歸鳥由心而發之行動上的自主性，歸鳥自發地於日落將還之際，歸飛至溫暖的巢，「棲」、「歸」即標指了烏鴉思歸之方向，而這個思歸的方向卻恰恰與「遠人」的「不歸」激發衝突，形成兩個相反的意義，該是日晚歸回之際，卻不見歸人，作者所營造的氣氛，也同時與繡閣思婦的遭遇形成「反諷」。此外，歸鳥於枝頭啞啞啼叫，形成一種熱鬧的景象，這是屬於有聲的；而思婦卻是「獨宿」、「孤房」，形成一片無聲的景象，這是就場景而言；而就烏鴉與思婦的個人狀態而言，也形成一個對比的情狀，烏鴉是「啞啞」飛啼，似有語之狀，而思婦卻是視紗窗如煙，孤房寂寂，無人可語，故而隔窗聽鳥聲對語，此乃無語之景，在心境上更加深了矛盾對立，並且，更呈現出思婦寂寞無奈心境。以下藉由圖示說明：

　　烏欲棲〔歸〕　　──→　　遠人〔不歸〕

　　啞啞〔有聲〕　　──→　　獨宿孤房〔無聲〕

　　啞啞〔有語〕　　──→　　聽鳥隔窗對語〔無語〕

雖是怨句難工，但是作者藉由矛盾對立的手法，南轅北轍的情狀，拉扯出難狀的怨情，順此脈絡而下，卻不由的覺得，末句「淚如語」三字，在情感的營造上頗為多餘，究竟缺乏了「碧紗如煙隔窗語」句的

〔註45〕瞿蛻園等校注《李白集校注》(一)，頁218。

文字張力。

　　李白除了運用「矛盾語」在閨怨詩的情感表達之外，當他抒發懷才不遇的感慨時，也往往使用此種手法，將無奈的心境化入美酒佳餚中，形成一種看似享樂卻是哀傷的「矛盾情境」中，而後再化爲一股飛揚的張力，現以〈行路難〉一首爲例說明：

> 金樽清酒斗十千，玉盤珍羞直萬錢。
> 停杯投箸不能食，拔劍四顧心茫然。
> 欲渡黃河冰塞川，將登太行雪滿山。
> 閒來垂釣碧溪上，忽復乘舟夢日邊。
> 行路難，行路難，多岐路，今安在？
> 長風破浪會有時，直挂雲帆濟滄海。（〈行路難〉其一）〔註46〕

詩之起首「斗酒十千」、「玉盤珍羞」，呈現出一片豐厚享樂的景象，詩人將自身暴露在美好的享樂中，而當詩行走至下兩句「停杯投箸不能食，拔劍四顧心茫然」，就形成了一個跌宕，眼前佳餚美酒之景象所給予詩人的反應，竟是「停」杯、「投」箸，這樣一個較爲劇烈的反動，而這樣的反動，卻是源自於詩人抑鬱迷惘的心境；心境之迷惘無奈與前兩句的豐盛享樂情景之描摹，即形成「矛盾語」。而後，意象隨著詩人本眞的浪漫想像，情景跳脫轉移——「冰塞川」、「雪滿山」——倒不是指詩人眞正當下馳騁於此，而是我們必須瞭解，這首詩題本是寫「世路艱難及離別悲傷」之意，而所謂「世路艱難」或許包含政治失意在內，尤其，李白極有可能受到鮑照〈擬行路難〉十八首的影響，鮑照詩的第六首就是寫政治失意的，首兩句即是：「對案不能食，拔劍擊箸長嘆息」，而很明顯地，李詩首四句也是這層意思，由此可判定，高山深水大雪乃是象徵詩人與其理想之間的障礙，而其所謂理想主要係指士遇不遇而言。在這兩句詩中，我們又可以找出與上一句同樣的「矛盾情境」，上一句的心境是「四顧心茫然」，心緒不定，飄忽茫然之際，立即一個轉折，「欲渡」、「將行」又整理出心緒的方

〔註46〕瞿蛻園等校注《李白集校注》（一），頁238。

向，而「冰塞川」、「雪滿山」則是心緒的目的地與目的地的險惡與抵達之艱難，一種飛揚必得的情緒躍於紙上。然而，下一句又立刻形成一個轉折，「閒來垂釣」似引自太公望垂釣於渭水之濱，與文王遇合之典故，此乃由飛揚必得的心境又跌宕至閑靜隨緣的心理狀態，詩行至此，我們可以發覺，詩人想像與喘息的步調變快了，前面三組六句詩句，皆是兩句為單位的跌宕轉折；而此處「閒來垂釣碧溪上」與下句「忽復乘舟夢日邊」，就立刻形成一跌一宕的「矛盾情境」，「忽復」又與「閒來」形成一個行動上相反的「矛盾」，太公望釣魚，願者上鉤，此乃有意無意間與君王遇合，而下一詩句「忽復乘舟夢日邊」，又是一種飛揚必得的行為展現，「夢日邊」即意味著與君王聚合，彷彿是一路順風抵達政治理想的彼岸。

接繼而下的詩句，詩人又悠悠嘆息行路艱難的事實，相較於之前浪漫無邪的政治想像，此處的心情陡然沈重起來，意識到現實政治的無奈與士不遇之人生際遇，這又回應至前句茫然雜亂之心緒感受。李白相信自己具有棟樑之材，也日日盼望能得到君王的賞識，因此，他尋找許多他自己認為可以達到這個目標的辦法，然而卻事與願違，而今，他茫然了，失序了，飛揚的浪漫想像遇到挫折，他站在黃煙散漫的岐路間，竟不知道要走的路究竟在何處？詩行至末，詩人筆鋒又陡然翻轉，此處氣概軒昂又更勝「忽復乘舟夢日邊」句，相較於「行路難」句又形成一次的跌宕，李白又啟動了他浪漫天真的政治想像，認為總有遇合發達之時，到時即可拉起雲帆，直濟滄海，達到政治理想之彼岸。

一場政治失意，感嘆自身英雄淪落、天才沈寂的詩篇，在詩人飛揚的藝術想像間，意象不時跳脫，情景快速轉移，在上句與下句詩中形成不斷的矛盾，並且在「矛盾語」相互衝擊之下，形成心境一跌一宕、想像時而天真時而現實；李白浪漫無際之性格，恰好與「矛盾語」跌宕的藝術特性不謀而和，尤其，這首樂府詩更是「矛盾語」的積極展現。

〈將進酒〉也是這種類型的例證：

> 君不見黃河之水天上來，奔流到海不復回。
> 君不見高堂明鏡悲白髮，朝如青絲暮成雪。
> 人生得意須盡歡，莫使金樽空對月。
> 天生我才必有用，千金散盡還復來。
> 烹羊宰牛且爲樂，會須一飲三百杯。
> 岑夫子、丹丘生，將進酒，杯莫停。
> 與君歌一曲，請君爲我傾耳聽。
> 鐘鼓饌玉不足貴，但願長最不復醒。
> 古來聖賢皆寂寞，唯有飲者留其名。
> 陳王昔時宴平樂，斗酒十千恣歡謔。
> 主人何爲言少錢，徑須沽取對君酌。
> 五花馬，千金裘，呼兒將出換美酒，與爾同銷萬古愁。

（〈將進酒〉）〔註47〕

開端兩組四句詩言黃河之水源自天上，其勢奔流到到海而止，不能復回，猶如人的一生奔向死亡，光陰流逝之速，恍如朝暮之際已白髮蟠蟠，李白以奔流不復返的河水喻同樣不得回首的人生歲月，乍看之下，兩者屬於類似的狀態，但是我們仍然可以找出隱隱藏在兩者間的「矛盾語」。黃河之水由河流至海中，是由有限到無限、有盡到無盡，在空間的移動上越顯廣闊，而反觀人生由青絲到白髮，卻是恰恰相反，在時間的移動上走向盡頭，越顯狹窄，於是人生此番本質之悲落入大自然無盡無極的「矛盾情境」中，於是顯得壯闊的更壯闊，而渺小的更渺小，其間的悲哀也就越強烈了。

在這種極度的悲傷之下，作者又由「高堂明鏡白髮」的「悲」中，幡然轉爲下一句的「須盡歡」，在詩意上似乎是要爲這種不能扭轉的人生至悲提供了一條解決之途，然而同樣地，作者將人生有限的悲哀丟入「須盡歡」的「矛盾情境」裡，形成了看似得到出路的解決辦法，然而又有一股掩不住的隱隱傷痛，而這種「矛盾情境」的矛盾點就發

〔註47〕瞿蛻園等校注《李白集校注》（一），頁225。

自「須盡歡」的「盡」字，「盡」是極，是過度，像是要用盡氣力歡樂一回，有什麼樣的悲傷需要極盡歡樂才能消除呢，而像如此巨大的傷痛只消金樽美酒盡情歡樂就真的能解決了嗎？作者處處強調歡樂，其實正代表著歡樂是不在場的，越多的美酒，就標誌著作者心中澆不盡的塊壘，於是「須盡歡」與上文的悲傷形成一種「矛盾語」，並且這個「盡」字為以下的「狂」字埋下伏筆。

　　接下來的詩句，持續擴大憂愁落入歡樂的「矛盾情境」，作者盡可能的將享樂延至最大，所以他說「烹羊宰牛」、「一飲三百杯」、「杯莫停」、「鐘鼓饌玉」，層層逼近享樂的極致，終而希望能終日昏昏而不願醒；於是詩歌張力整個顯現出來，一則是悲哀的盡頭，一則是享樂的極致，運用矛盾語兩頭的拉扯，鑿深了詩歌意義的指涉範圍。除此之外，「天生我材必有用」與「古來聖賢皆寂寞」兩詩句也遙遙對應成「矛盾語」，作者下了一個「必」字，為一肯定語氣，而後又下了一個「皆」字，也是一個鐵證如山的肯定語氣，一方面肯定了建功立業，且對此信心滿滿，一方面又認為古來聖賢多寂寞無聞，形成一個對於自身功名觀念的矛盾；而似乎這份矛盾可以由以下兩句得到調和，即「陳王昔時宴平樂，斗酒十千恣歡謔」，古來酒者歷歷，作者選用陳思王曹植的典故，確有其用意，曹植才高八斗與作者才情相當，而同樣面臨有志難申的無奈，因此，他們共同擁有曲高和寡的寂寞，一樣的以酒澆除心中塊壘。

　　接下幾句，作者更由歡轉狂，語句承前而來，出現「五花馬」、「千金裘」換美酒的舉動，加強其狂放程度，從而與前文的悲哀又形成一次更為深刻的矛盾，最後終以「與爾同銷萬古愁」為結，全詩以大氣勢為端，又以大氣勢為結，「萬古愁」對應著首四句，作者終於緩緩吐露心中真意，就是這樣狂流的人生與不遇的才情，才需要「杯莫停」、「三百杯」、「斗酒十千」方能銷一時之愁，然而，作者最後的心情仍是一個「愁」字！運用矛盾語互相碰撞的效果，他以歡樂寫哀愁，越是歡樂，就越表示愁情滿懷，否則何須一杯杯的酒，因為他有澆不

盡的愁腸！並且，在詩中，作者使用許多誇張的字眼，無非就是想要沖刷掉內心巨大的寂寞，然而此種巨大的痛苦，又豈是杯中物所能化解，因此詩人走筆至終，終於忍不住於酒酣耳熱之際，哭喊出真正的心聲──「萬古愁」！

藉由矛盾語這種手法，在詩句字裡行間拉扯出兩端意思，故意引發衝突，最後再形成調和，達到「張力」效果，而也藉由此番衝突調和的過程，成就了文學作品的幾項魅力。因為矛盾語的使用，除了展現出強大的文字張力外，還將加大了語言的活動力，使其包容了更多意義，而在意義的流轉、矛盾、相合之中，延長了讀者細細咀嚼真味的時間，也增強文學作品的情感強度。

而矛盾語這種文學手法與李白的性格，是相得益彰的。因為李白往往將其無奈不遇的心情投入狂飲之中，如此流露出的詩句，時而狂放，時而悲傷，又時而充滿希望，時而昏昏求醉，因此閱讀李白的詩歌，往往有種詩人醉倒眼前的錯覺，或許這不是錯覺，似乎可以望見詩人一手執酒杯，一手揮毫作詩，詩句隨著醉意飛揚，思緒起伏不定，因而產生矛盾語的現象一點也不足為奇。也因此，李白常常透過矛盾語而以享樂寫悲傷，雖無一字寫哀愁，所透出紙背的卻是最沈重、最無奈的痛苦，這也是矛盾語所構成的美學效果之一。

第四章　從文學符號學探究
李白樂府詩中的文學性

第一節　文學符號學之理論與其分析走向

　　符號學（Semiotics）最初是與結構主義（structuralism）共生，是以結構主義符號學的面目出現，因此，符號學的一部份基本原理是與結構主義相通的，而其中最重要的是「系統」（system）觀念。結構主義的特點不在結構，而在系統，一個符號之所以有意義，是系統使其有意義，舉一個最簡單的例子，紅綠燈中紅燈代表禁止，綠燈代表通行，其意義的取得在於紅綠燈這個系統所造成的意義，如果單純的將紅燈抽取出來，就沒有禁止的意義了，因此，是整個系統使紅綠燈各自具備意義；再例如，「flower」這個字在英語中是「花」的意思，然而，若「flower」脫離賦予其意義的英語結構，而置放於漢語中，那麼他就完全失去其意義了。

　　因此，意義在研究時的重要性，是要了解它與系統中其他成分的關係，且它在系統中的位置，還有與系統網絡間的互動相連方式。當然，在文學語言中亦是如此，語言的每個成分的功能取決於他在整體中的位置，因此，使用結構主義批評之重點即在於將詩視為一個整體，考察其中各部分間的關係，與各種組合之可能性。

　　而結構主義與符號學間的共生關係，就在於對於語言符號的系統性研究，而結構主義一詞在布拉格學派那裡，就是「符號學」（Semiotics 或 Semiology），也就是從系統的觀點來看符號學。在他們看來，一部作品就是一個語言系統，一個符號體系，作品中每個小分子的相互關係共同構成了一個藝術整體的結構，各小分子間互爲影響，各具價值，但又不可分割；而我們理論研究的職責，就是探索那最具詩功能的小分子，也就是說，在什麼分子上，詩的語言對於普通語言做出了最顯著的背離和破壞，從而造成「陌生化」的效果，而後，再將「陌生化」的語言與其他小分子（如意象、題材等）相聯繫，構成一個完整的藝術結構。

　　至於詩的語言如何對日常語言進行破壞，要由符號行爲的表意過程說起，而經由這個過程中，也可以對「符號」下一個較爲完整的定義。瑞士語言學家費迪南・德・索緒爾（Ferdinand Saussure）於 1906 年至 1911 年在日內瓦授課，講解其符號學概念，他的學生根據他的筆記於其逝世後出版了《普通語言學教程》（Course in general linguistics）一書，正是這本書爲結構主義符號學奠定了基礎。索緒爾的基本觀點是：語言是一個體系，體系是由「任意的」、「區別性」的所組成，每個語言符號都是由一個語音形象和一個概念所結合組成，前者命名爲「能指」（signifier），而後者稱爲「所指」（signified）。例如，我們聽到「樹」這個語音，在我們心裡就會聯想到「樹」這個形象概念，而這兩者間的關係，原是任意的，後經過約定俗成才在人類的思想中形成規約性，另外，一個由能指和所指所構成的符號與現實世界中的所指本無特定的關連，而符號（詞）就使得所指這個概念獲得形式，並且決定了事物的意義，也藉此分割了其他事物的意義。當然，諸多事物意義的決定，必定建立在一個封閉的體系中，這又回到前文所講述的結構主義重在系統的基本原理上，也就是說，語言每一個成分的功能意義完全取決於其在整體中的位置，即與其他符號間的關係，例如，英語中區分「table」與「desk」爲兩種符號意義，但是

如果在漢語中，就沒有任何意義了，也因此，索緒爾又提出了一個重要的觀點——「語言」與「言語」，「語言」是指整個語言體系，而「言語」是這一個體系所產生和決定的個別交際行為，而研究語言的科學因應是要以作為體系的「語言」為研究對象而非「言語」。

　　因此，符號意義的構成必須同時仰賴「能指」與「所指」兩部分，通常「能指」是手段，「所指」才是真義，趙毅恆先生尋著這樣一個基本原理，給予符號的定義：「發送者用一個可感知的物質刺激，使接受對方能約定性的瞭解關於某種不在場或未出現的某些事物的一些情況」〔註1〕。再以紅綠燈為例，交通標誌這樣的發送者藉著「紅燈」（能指）傳達出「禁止通行」（所指）的訊息，「紅燈」是在場的，可感知的事物，而接收者藉此得到「禁止通行」一個不在場且不可感知虛幻的消息，而後做出停止的行為，完整的符號行為可由以下圖示說明：

發送者━━▶能指━━▶所指━━▶接收者

在功能上，「能指」順利的帶動了「所指」，使接收者認知到發送者所要表達的意義，正確的達到了符號過程的目標，當符號系統藉由這樣的過程形成之後，相對固定性的社會契約保證了「能指」與「所指」間關係的確定性與有效性，就如同紅綠燈號誌一般，符號傳達過程形成了「透明性」（transparency），使得「能指」變成一片玻璃，直接看透「所指」。然而，紅綠燈這樣的日常語言符號傳達，究竟與文學語言不同，日常語言由於功能需求，因此需要規約與固定性的意義，而文學語言之美就在於「能指」傳向「所指」之間意義無限的可能，他所期盼的不是語言的「透明化」，而是不透明的「陌生化」，也就是說，到底是什麼使一篇文字信息成為藝術作品，關於這方面，就是羅曼・雅各布森（Jakobson　Roman）作為一個語言學家所關心的詩與非詩的區隔，且成功的將語言學與文學研究接軌。

〔註 1〕趙毅衡《文學符號學》〈第一章符號學基本原理〉，北京：中國文聯，
　　　　1990 年，頁 5。

雅各布森的名言：「能指的自指性」〔註2〕，這是他談論詩與非詩的差別時，所下的定義，這要從符號過程說起，也就是一個符號表意的全部過程。1958 年他在美國印地安納大學第一次語言學討論會上提出了著名的「符指過程六因素分析法」，提出了以下符號過程之圖示：〔註3〕

語境（context）
信息（message）

發送者 ⟶ 接收者
（addresser）　接觸（contact）　（addressee）
　　　　　符碼〔code〕

雅各布森解釋，「信息」就是發送者向接收者所發出的東西，也就是符號學所稱的「能指」，而「語境」就是「指稱物」，也就是「所指」，並且，他強調，這六要素並非平衡的、中性的，而是分別各有側重，當符指過程強調六因素中任何一個要素時，某種特殊的功能就佔據了支配性的地位，而成爲系統中的主導。其中最重要的是，當符指過程側重於「能指」時，符號即出現較爲強烈的「詩性」，即「藝術性」、「文學性」，他認爲詩語言的產生，是「信息」與「指稱物」（也就是「能指」與「所指」）的根本分裂，使得「信息」越難傳達，於是越難通向「指稱物」。換句話說，「詩性」（「能指」取向）與「認知性」（「所指」取向）成反比，詩歌的功能在於延長和加深我們對於「能指」的感受，而符號的「所指」變得十分不重要，於是造成整個傳達過程呈現不透明，將人們的注意力吸引到單純的修辭、句法、節

〔註2〕 Roman Jakobson："Closing Statement: Linguistics and Poetics"："The set toward the MESSAGE as such,focus on the message for its own sake,is the POETIC function of language.", in *Style in Language*, ed. Thomas A. Sebeok ,pp.356.

〔註3〕 Roman Jakosbon , "Closing Statement: Linguistics and Poetics" in *Style in Language*, ed. Thomas A. Sebeok（Cambridge, Mass：M.I.T.Press,1960），pp.353.

奏、韻腳等方面，也就是文學自身，藉此減弱了與現實的直接關係。

趙毅衡在《文學符號學》一書中，對於雅各布森「能指的自指性」之說，認爲「文學性」就是要加深「能指」和「所指」間的對立，進行了一番修正，他說：

> 在這裡，符指過程變成一個無限推遲的可能性，甚至沒有必要加以完成。文學語言就變成絕對的「不透明」，所指只是一個似存在非存在的影子。
>
> 布拉格學派出身的美國現在文論家韋勒克就反對這種看法，他認爲在文學文本中，尤其在小說中，文學語言「的確指向現實，講到關於世界的某些事……辨別文學的唯一的方法是看到藝術功能佔主導地位」。
>
> 可以說，韋勒克的這種立場，是「半透明」派，即文學語言完全可以指向客體，只是其自指功能（詩性功能），佔了主導地位。〔註4〕

韋勒克對雅各布森的理論做了修正，認爲詩歌符號傳達還是要往「所指」移動，只是「能指」優勢必須要被加強，因此，最後，當趙毅衡先生總結什麼是文學的時候，他說：

> 文學就是由於符號的自指性而使能指優勢加強到一定程度的文本。文學性，就是由於符號自指性而獲得的能指優勢。
>
> 〔註5〕

因此，能指的自指性固然重要，但是，符指過程最終還是要傳達給接收者，文學作品在於幫助我們衝出習以爲常的符號「牢籠」（prison-house），破壞「能指」和「所指」間習以爲常的關係，從而迫使我們對於符號本身集中注意力，重要的在於延長了審美時間與加深審美的深度，使我們停留在通往「所指」的迷霧中，品嚐文字的新鮮意境。

〔註4〕趙毅衡《文學符號學》〈第三章符號學文學理論〉，頁108。
〔註5〕趙毅衡《文學符號學》〈第三章符號學文學理論〉，頁108。

第二節　李白樂府詩中的對等原則

在文學與非文學的界定上，俄國形式主義強調「陌生化」原理，諸如詩歌領域的三個侵犯，布拉格學派強調結構，而雅各布森注重語言，關於這些前文已經簡單敘述過了，他們都一致的認為，應該在語言內部進行探討，讓讀者盡可能地去感受訊息。雅各布森認為，是詩歌特有的對稱和聚合把人們引向信息，而任何一種語言結構，都是一種二元進程的結果。

這裡，他使用了兩個術語：「組合軸」（the axis of combination）和選擇軸（the axis of selection）。組合軸相當於索緒爾語言學中的「橫組合關係」，代表著兩個以上的詞所構成的一串言語裡所顯示的關係，也就是一個系統的各因素由「水平方向」展開，這樣展開所形成的任何一個組合部分，稱為「橫組合段」；而依照雅各布森的說法，組合軸間的關係特徵是「連接性」（contiguity）的，呈現出一種轉喻（metonymic）的功能。至於「選擇軸」相當於索緒爾所說的「聯想關係」，把語言以外的語彙連起來，成為記憶而組合的潛藏系列，也就是說，在橫組合段上未經顯現的，但是又與橫組合上已顯現之符號發生「相似性」、「對等性」（similarity）的關係，且呈現出隱喻（metaphoric）的功能。

舉例而言，唐朝詩人賈島的名句「僧敲月下門」，相傳此詩寫作當時，賈島騎在驢背上喃喃思索著「推」字好還是「敲」字好，此敲與推之間的選擇過程，就是垂直選擇的活動；然而賈島推敲出神，不小心衝撞到韓愈的儀仗隊伍，韓愈知悉情狀後，不但不加以怪罪，還替賈島在「選擇軸」中挑選了「敲」字，展現在「橫組合」段上，形成「僧敲月下門」水平流動的橫向句式。推、敲二字本具相似性的關係，被選定的字置放於「組合軸」，而未被選定的字則隱沒於「選擇軸」中。

明確地說，雅各布森發展了索緒爾的理論，將兩軸論顯現於語言傳達之中，因此，他認為，文學與非文學的差異就在於以何種軸為主導原則。作為非文學的語言系統，「組合軸」佔了支配的地位，他往

往以明確的字面意義，傳達一個信息，此時，「組合軸」上的對稱和轉喻功能爲的也只是要更清楚的傳達這個信息罷了，而「選擇軸」上儘管有任何比喻關係，最主要也是必須服從「組合軸」上語言連接的意思，使得「能指」能順利的達到「所指」，完成傳達信息的語言功用。但在文學語言的系統中情況就完全相反了，雅各布森在〈語言學與詩學〉一文中，即提出：「詩的功能將對等原則從選擇軸投入組合軸」（The poetic function projects the principle of equivalence from the axis of selection into the axis of combination）〔註6〕，也就是說，「選擇軸」所特有的「相似性」、「對等性」關係，佔據了語言的主導地位，他開始不滿足於隱沒於「選擇軸」中，而將其具有意義相似或相反的之間的關係，投向「組合軸」，企圖影響意義的多元，使信息產生歧異，從而構成了詩的語言。

　　因此，詩的功能是對等原則從選擇軸投射到組合軸，符號間除了具備一種橫向的「連接關係」外，也表現出縱向的「類同性」（similarity），同時是一種線性的延伸，而也因爲縱向的「類同性」侵入橫向中，導致了「橫組合」中隱藏著原在「縱聚合」中才會出現的互爲替代的比喻功能。在朱棟霖主編之《中國文學新思維》中，曾就此雙軸原理舉例說明──唐劉希夷〈代悲白頭吟〉：「年年歲歲花相似，歲歲年年人不同」，「歲歲」本該是隱藏在「年年」之後，「歲歲」與「年年」兩者具有相似性，是屬於「縱聚合」軸的產物，然而，他卻突出於「橫組合」中，使得「橫組合」中顯現出「縱聚合」的功能。又王忠勇在《本世紀西方文論述評》〈索緒爾結構語言學和文學語言學派〉中也舉了一項例證，文天祥〈過零丁洋〉：「惶恐灘頭說惶恐，零丁洋裡嘆零丁」，「惶恐」與「零丁」在詞義上有相似點，皆是呈現詩人當時的心境，然而他卻展現於「橫組合」段上，在形式上也很注重合併中的對等原理，「惶恐灘頭」對等「零丁洋裡」，「說惶恐」又對「嘆零

〔註6〕Roman Jakobson , "Closing Statement: Linguistics and Poetics" in *Style in Language*, ed. Thomas A. Sebeok, pp.358.

丁」,因此,雖說是「水平式」的詩句流動,但是由於形式對等導致意義互相輝映,更加深了詩人當時的內心感受,也從而構成了文學語言。

以下筆者直接以李白的一首樂府詩「春思」,來說明此雙軸結構:

> 燕草如碧絲,秦桑低綠枝。當君懷歸日,是妾斷腸時。
> 春風不相識,何事入羅帷?(〈春思〉)〔註7〕

在「選擇軸」與替代的對等中,往往都會傾向某種「類同性」,最後甚至會形成比喻功能。前文所述,雅各布森說:「詩的功能就是把對等原則從選擇軸投射到組合軸,這種投射導致了隱喻關係的出現」。而所謂「對等原則」是在「選擇軸」上的意義相近或是相反的詞間的關係,現在被放在「組合軸」展開在句子中。我們現在分兩聯觀之,以一聯爲單位來看的話,「燕草如碧絲,秦桑低綠枝」是一聯,「當君懷歸日,是妾斷腸時」是一聯,就首聯而言,首句「如」字,並非比喻的意思,其意思是說,北地燕草初冒綠芽之時,秦地之桑已長成多日,此兩句的連接性就很強,雖然在表面形式上具有對等之美,彷彿「燕草」對「秦桑」,「碧絲」對「綠枝」,然而,形式的對等呈現在此意義上的是一種相反的對等,「燕草」與「秦桑」屬於一北一西兩個相反地域的植物,而兩地的氣候迥然不同,燕北地寒,而秦地稍暖,因而導致兩種植物的生長狀態形成巨大差異,燕草尚且初生嫩芽,而秦地由於氣候較爲溫暖,桑枝已生長許久,兩種植物的生長狀態亦形成反比,然而,「燕草」與「秦桑」雖然同屬於植物,卻不能斷言誰替代誰,而「如碧絲」和「低綠枝」亦同屬植物之生長狀態,但是也缺乏詞義的替代性,因此,就此聯而論,連接性還是籠罩著類同性。

下一聯的結構可說是「選擇軸」投射到「組合軸」的典型,我們在兩聯中的水平句式中,發現了互爲替代的比喻關係──燕草遲抽嫩思就比喻丈夫遲發懷歸之心,而此時此刻,妾則思君日久,猶秦桑生長已久,徒積相思,腸早斷矣;以「燕草」的植物生長特性以喻丈夫懷歸之遲,而以「秦桑」早發,桑枝已綠喻思婦望穿秋水成空已久,

〔註7〕瞿蛻園等校注《李白集校注》(一),台北:里仁書局,民70,頁448。

不覺柔腸寸斷。因此,當具有替代關係的「選擇軸」侵入了連接的「組合軸」時,合併的句式中,傾向了互相替代性,甚而造成修辭上的比喻功能,而在「選擇軸」上,反而傾向了連接性,就如同前文所言,首聯中「燕草」並不能取代「秦桑」,而第二聯「君懷歸日」也不能代替「妾斷腸時」,連接關係代替了聯想關係,阻礙了信息的傳達,一直到詩行至下一聯,在兩句的合併中居然隱藏著互為替代的比喻關係。於是,詩句間形成了聯想,信息透過比喻曲折的傳達了出來。

　　由於詩歌語言必須集中於符號本身,而「文學性」往往就是要增強符號具體的可感性,因此,在〈春思〉中,以符號傳達的步驟而論,藉著「燕草」和「秦桑」之「能指」符號,於是賦予了「所指」〔信息〕閨婦思君日久而君思遲遲的新鮮可感性,讀者將會曲折的由兩種植物的特性與兩地的氣候,雖有某種隱喻的關連,但又朦朦朧朧地需要人們花心思臆測隱喻間的關係,於是呈現「半透明的」語意傳遞過程,符號的新鮮「可感性」就產生了,於是造就了「文學性」。

　　而李白十分擅長以此種手法描述變調的感情,再如〈妾薄命〉:

　　漢帝重(一作寵)阿嬌,貯之黃金屋。

　　咳唾落九天,隨風生珠玉。寵極愛還歇,妒深情卻疏。

　　長門一步地,不肯暫回車。雨落不上天,水覆難重收。

　　君情與妾意,各自東西流。昔日芙蓉花,今成斷根草。

　　以色事他人,能得幾時好?(〈妾薄命〉)〔註8〕

本詩描寫漢武帝對陳阿嬌色衰而愛弛的經過,筆者就「雨落不上天,水覆難重收。君情與妾意,各自東西流」四句進行研析。「雨落不上天」與「水覆難重收」兩者均是去而難返之事,兩句本身即為「類似性」施加於「連接性」上,而互為替代關係;若由句首讀來,「雨落不上天,水覆難重收」同為去而難返之事,又能與前行之文——武帝離而難合之情——互相替代類似,「雨落」二句成為「選擇軸」突出於「組合軸」的部分,以具體的符號比擬武帝的薄情,讀者將心思落

〔註8〕瞿蛻園等校注《李白集校注》(一),頁342。

在符號本身，不但能造成符號與指稱物間的聯想，且藉由「雨落」與「水覆」這樣普通常見物象的符號，易使讀者落實體會「咳唾落九天，隨風生珠玉」及「長門一步地，不肯暫回車」間情感對待的天差地別，而對阿嬌的棄婦處境不勝唏噓。

筆者再以雙軸原則解析李白另一首精鍊短小的樂府詩：

床前明月光，疑似地上霜。舉頭望明月，低頭思故鄉。

（〈靜夜思〉）〔註9〕

以寒霜比喻月光，水平的合併句中隱含著互爲替代的隱喻關係，但是，這層關係似同似異，一個「疑似」，在字義上點出「月光」與「寒霜」間雖是投影關係，貌似相同，但是一則以實，一則以虛，月實遠在天邊，霜虛卻近在眼前，然而，兩者皆是一樣難以觸及，因此，兩者可說是形似，而情狀相異，所給人的感受卻很類似，一樣的遙不可及。在雙軸結構上，「選擇軸」下的「寒霜」闖入了「組合軸」內，「疑似」二字，爲兩者搭起連接的橋樑，使得「選擇軸」在水平流動中如魚得水，「月光」與「寒霜」兩者亦具備了聯想關係。月亮往往使古人望而思鄉，因爲月亮的形象，明亮且完整，常藉以作爲團圓的象徵，因此，明月可說代表著故鄉的符號；所以，下一聯中「明月」與「故鄉」又同樣具有「組合軸」上的替代關係，他闖入了「水平軸」，詩中人無奈的望向天空明月，明亮溫暖但卻遙不可及，於是，低頭憶起了明月亦照臨的故鄉，故鄉予人的感受一樣是明亮溫暖的，然而，明月與故鄉兩者又同時是遠在天涯，只能思念其溫暖，無法眞正觸及，而「月光」的圓滿，除了使人正面的想到故鄉外，還會構成相反的意義，月亮越是圓滿，就越是反襯出思鄉人形單影隻的缺憾。一個「組合軸」上的替換關係卻構成如此豐厚的字質，相同或相反的對等，激發出充滿「張力」的語意。

然而，有時候詩句在結構和韻律上雖然是形成對等，例如名詞對名詞，動詞對動詞，但是其意義並無明顯的對等，所呈現的卻是水平

〔註9〕瞿蛻園等校注《李白集校注》（一），頁443。

式的連接，這種通常用於時間性的連接方面，如〈長相思〉的首二句：「日色欲盡花含煙，月明如素愁不眠」，兩者在意義上並無明顯相似或相反的關係，但是在「組合軸」上卻緊湊連接兩個時間點——黃昏與月夜——日色將盡，天色迷濛而花含煙，明月如素難以成眠，這似與明月若鍊無替代性的關連，這兩句詩可說純粹是水平上對於時間流動的形容，故其「組合軸」上的連接性強過「選擇軸」的替代性。

　　日色欲盡花含煙，月明如素愁不眠。

　　趙瑟初停鳳凰柱，蜀琴欲奏鴛鴦絃。

　　此曲有意無人傳，願隨春風寄燕然，憶君迢迢隔青天。

　　昔時橫波目，今作流淚泉。不信妾腸斷，歸來看取明鏡前。

　　（〈長相思〉）〔註10〕

接下來我們繼續觀察這首詩，可以發現他的雙軸結構相當錯綜豐富，因此也帶動了意義的豐厚。第二聯又是一個標準的對偶句，「趙瑟」對「蜀琴」，「初停」對「欲奏」，「鳳凰柱」對「鴛鴦絃」，聞其名鴛鴦鳳凰，知有期待成雙作對之意，而「初停」與「欲奏」同上一聯一般，是對於時間流動的聯繫，只是首聯是憑藉自然景觀日落月出，而本聯則是藉著女主人翁的動作來呈現時間之流動，這兩聯皆是「組合軸」的連接活動強過於「選擇軸」。

　　接下來有三句一組的詩句產生，此曲雖有意卻無人相傳，但願藉著春風將此弦寄於燕然塞上，與頭兩聯相同地，兩句有行為上的相連性，詩行至此，彷彿是在「水平軸」上形成一個語意的完結；然而，詩人又意想不到的突然迸出一句「憶君迢迢隔青天」，他從「選擇軸」活躍於「水平軸」。燕然，指的是燕然山，距離思婦必定千里之遙，故隔青天之遠，「燕然」與「迢迢隔青天」因而具有某種類似可替代性，而「曲有意」相當於妾有情，也與「憶君」兩字互為表裡。因此，本句來得突然，卻下得恰如其分，有種欲語還休的情態，果然，下一聯接著傾訴：「昔時橫波目，今作流淚泉」，同樣的對句，但是其為標

────────────

〔註10〕瞿蛻園等校注《李白集校注》（一），頁461。

準的雙軸展現，在組合意義上，「橫波目」與「流淚泉」皆是指涉眼睛，但卻是相反的意義，從前眼睛顧盼流光，生動迷人，曾幾何時，等待已經使秋水變成一汪淚泉，與當年之靈活可愛形成對比，這樣的對照，於是又在「水平軸」上藉由「昔時」與「今作」加強，強調的同時，也賦予了兩句詩歌緊密的連接性。接繼的最後兩句詩，筆者將留於另一節作處理，因為它雖然具有「選擇軸」上的對等關係，展現在「組合軸」中的例子，但是所造成的隱喻功能其中一個基項卻是隱沒的。

此外，「昔時橫波目，今作流淚泉」這兩句詩讓我們聯想到〈姜薄命〉的兩句「昔日芙蓉花，今成斷根草」〔註11〕，兩者似有異曲同工之妙，同樣是以今昔對比，加深對照與水平流動的緊密性，而再以芙蓉花與斷根草並列形成對比，下筆甚妙，何故？斷根草之花即名芙蓉，芙蓉花與斷根草，實為今昔兩種相貌，花盛色美，即是芙蓉，若花謝色弛，就是斷根；以「組合軸」而言，今與昔、芙蓉與斷根，乃是雙重凝聚其中之連接性；再者，芙蓉花與斷根草兩者實一物又全非一物的狀態，造成同時相似又相反、似能替代又不能替代的詭異關係，投射於「組合軸」之中，於是，雙軸結構同時展現，承載著豐富的意蘊，將以色侍人，最終色衰愛弛的意思，推展到文學意義的極限。

儘管雅各布森篤定地說：「詩的功能就是對等原則從選擇軸投向組合軸」，造成隱喻的功能，而形成詩歌字質之濃稠，造成了「組合軸」上語言的新鮮可感性，讀者需要猜臆兩者相似或相反的關係，從而延長審美時間，也就是延誤了符號順利傳達到「所指」的時間，簡單的說，這樣導致了「文學性」。

然而，從剛剛所舉出的例證〈長相思〉看來，我們必須要對雅各布森的這句名言提出質疑。即是詩歌功能並非全然是「選擇軸」投向「組合軸」，有時候，「組合軸」之間的關係就很能夠構成詩性，如前

〔註11〕瞿蛻園等校注《李白集校注》（一），頁342。

文所引述「日色欲盡花含煙，月明如素愁不眠」等，在描寫時光流動或動態行為時，往往「組合軸」佔了優勢，此時的「詩性」就不見得會藉著合併裡所隱藏的互為替代的關係展現。另外，在「組合軸」形成優勢的時候，形式方面的對等，也不一定會造成意義相反或相似的對等，一樣的「日色」句能說在意義上與「月明」相反或相似嗎？答案是否定的，它們只是單純時間流動所造成景物變化罷了。再舉一個例子證明此說：

> 閨裡佳人年十餘，嚬娥對飲恨離居。
> 忽逢江上春歸燕，銜得雲中尺素書。
> 玉手開緘長嘆息，狂夫猶戍交河北。
> 萬里交河水北流，願為雙鳥泛中洲。
> 君邊雲擁青絲騎，妾處苔生紅粉樓。
> 樓上春風日將歇，誰能攬鏡看愁髮。
> 曉吹員管隨落花，夜擣戎衣向明月。
> 明月高高刻漏長，真珠簾箔掩蘭堂。
> 橫垂寶幄同心結，半拂瓊筵蘇合香。
> 瓊筵寶幄連枝錦，燈燭熒熒照孤寢。
> 有使憑將金剪刀，為君留下相思枕。
> 摘盡庭蘭不見君，紅巾拭淚生氤氳。
> 明年若更征邊塞，願做陽臺一段雲。（〈擣衣篇〉）〔註12〕

而檢視以上具有形式上對等的句子，約有以下幾組：

> （一）忽逢江上春歸燕，銜得雲中尺素書。
> （二）君邊雲擁青絲騎，妾處苔生紅粉樓。
> （三）曉吹員管隨落花，夜擣戎衣向明月。
> （四）橫垂寶幄同心結，半拂瓊筵蘇合香。

第一組原屬於雅各布森所說的「對等原則從選擇軸投向組合軸」，燕銜信來，「春歸燕」與「尺素書」兩者具有某種程度的替代性，因為古人往往以「飛雁」傳信，如元稹〈鶯鶯傳〉內有〈會真詩〉三十韻：

〔註12〕瞿蛻園等校注《李白集校注》（一），頁456。

「清漢望歸鴻」，有仰望天上，盼望鴻雁銜書歸來之意，然古代亦有
「燕」傳信之說，如江淹〈雜體詩〉：「袖中有短書，願寄雙飛燕」，
李白此詩，與下句併合，應有燕銜信之意，故見燕歸來，似於書信抵
達；然則，在「組合軸」上因添加「忽逢」與「銜得」二句，不但在
水平句式中得到時間性的連接，而這層連接鑿深了十年離居，忽而傳
信的驚訝與怨懟。是而，本聯乃雙軸靈活作用的典型。

　　第二組詩句，筆者認爲依舊爲「組合軸」的連接關係佔了優勢，
「青絲騎」並不能替代「紅粉樓」，但是兩者間卻可由因果連接而形
成聯想，君在有如雲般遙遠的地域踏著青絲騎，然而雲間遙遠，達達
的馬蹄卻不曾響於妾居之樓，終而導致苔生紅粉樓的淒涼景象；然「雲
擁」二字雖有以雲形容千餘騎之多的意思，但是，以千餘騎之熱鬧景
象，若添加「雲邊遙遠」的意象，更能襯托「苔生紅粉樓」無人問津
的落寞與寂寥，如此解釋，其實也多方面暗合「苔生紅粉樓」，並造
成多元意義的聯想。

　　第三組詩人以「曉」、「夜」時間上行爲的變化，來牽動詩句「水
平式」的行走，因此，在詞意與情境聯想性是濃厚的，我們無法牽強
的說「落花」與之相對的「明月」有任何替代上的相似性，本聯「組
合軸」的連接關係還是佔了優勢。

　　第四組句「同心結」與「蘇合香」兩者具有互爲替代的關係，因
爲「同心結」是用錦帶打結成連環回文的樣式，用以表示愛意，而「蘇
合香」則是諸香汁兼合一起，相似性在於皆爲兩者合一的物品，是男
女相愛同心不分的象徵。但是在另外「橫垂寶幄」與「半拂瓊筵」部
分，卻不能說兩者具有相似的替代關係了，此時，「水平軸」佔了上
風，表達了女主人翁動作行爲的連續，如此帶動了「同心結」之後的
「蘇合香」，藉著兩者相似性的並列，重複加強了相愛不分的想念。
所以，這一組句中，雙軸其實都表現於其中，在水平的延展上，侵入
了相似性的聚合，但是「水平軸」的行爲舉止的流動，也同時加深、
加強「選擇軸」的詩意。

　　另外，再舉一個以「水平軸」為主導的生動例子進行說明：

　　　淚如雙泉水，行墮紫羅襟。(〈白頭吟〉其二)〔註13〕

「雙泉水」和「紫羅襟」不能強說有相似性的替代關係，但是，在這組詩中，「行墮」展現於「水平軸」上卻起了關鍵性的作用。它首先生動了前一句「淚如雙泉水」的動態效果，一邊行走，眼淚一邊撲撲落下，隨著腳步移動，眼淚也跟著移動墜落於襟前；再而，因為「行墮」的連接，導致「雙泉水」與「紫羅襟」不需透過「選擇軸」的投射，而本身就具備聯想效果，因此，本聯可視為以「水平軸」的水平移動為主導原則。

　　再例如〈關山月〉的前四句，語言平易卻氣勢高遠：

　　　明月出天山，蒼茫雲海間。長風幾萬里，吹度玉門關。

　　(〈關山月〉)〔註14〕

這一組句中的蓋世之氣，雄渾之狀，全掌握在「組合軸」的水平流動中，它沒有任何形式或意義上的對等，即於「組合軸」上無相似的替代關係，就連純粹形式上的對等都沒有，完全藉由水平軸的推移，將整個天地間的壯闊蒼茫，收納在短短的二十字內。詩中有兩個實際的地點——天山與玉門關，首先在四句中的排列，一頭一尾，先在水平視覺上，拉大其間距離，目擊之下，先賦予了最初層次的壯闊；而玉門關乃西域門戶，是西域和中原的交界點，繼續往西走，即是天山，乃古今征戰之地。而後一實寫「明月」，虛寫「風」與「雲海」，然而實際的明月卻有待於虛寫之風、雲海推展，由於是不具象的事物，故作者盡可能的將雲海之廣，長風之大誇張的實寫出來，因此就「組合軸」而言，湧動的雲海與長遠的大風成為連接水平句式的樞紐，藉著長風吹月的氣勢，把天山與玉門關間的幅度推至最廣，於是征戰的遙遠出現了，征夫的無奈也流露出來了，無際的天地激發著無邊的苦情，全然舒展於這二十字的水平句式上。以下是它在「組合軸」上的

〔註13〕瞿蛻園等（校注）《李白集校注》（一），頁308。
〔註14〕瞿蛻園等（校注）《李白集校注》（一），頁279。

結構分析：

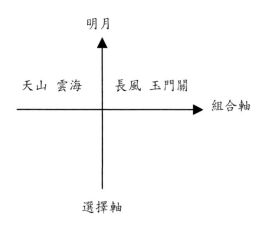

雙軸靈活運用應當是「文學性」的最高展現，因爲它締造了多種可能意義，並且在「能指」上面加寬加長了駐足空間，對讀者而言，閱讀如同解謎與探險，在「能指」的森林中，焦急興奮的尋求「所指」眞意：

> 只愁歌舞散，化作綵雲飛。（〈宮中行樂詞〉其一）〔註15〕

此爲李白樂府詩〈宮中行樂詞〉第一首尾聯：「只愁歌舞散，化作綵雲飛」，在意義與意境上，「歌舞」與「綵雲」有著相類似的替代關係，同樣都指涉飄揚的歌舞、歡樂美好的事物，恐怕一朝歌舞散去，倏忽之間轉眼成空，故在形象上，「歌舞」與「綵雲」皆具有一朝聚散的特性，原本應屬於「選擇軸」的相似性，施壓於「組合軸」上，使得字句間的意思互相激盪，加深託顯出作者所欲表達的情感意向；因此，本聯除了成功將具有對等替代關係的「選擇軸」，投射於「組合軸」外，在水平的連接流動上，「化作」二字，起了畫龍點睛的作用，儘管「歌舞」與「綵雲」本身即具有密切的替代關係，已經能充分顯現其文學性，但是「化作」二字將李白那種夢幻似的悲哀點透了，「歌舞」散盡「化作」「綵雲」，虛幻揉在人眞實的時間推移中，會說不清

〔註15〕瞿蛻園等校注《李白集校注》（一），頁378。

這「愁」是深了還是淡了。如此一來，雙軸結構在句中豐富的展現，而字質間的意義亦更富於想像。

　　由此可知，我們可對雅各布森雙軸理論做進一步的修正，「文學性」不僅僅建立於「選擇軸」侵入「組合軸」中，以「選擇軸」為主導的情形；而是視其詩意功能而定，若是表達時間或行為連接的情況下，有時「組合軸」就會領取主導地位，甚至有時在一組句中，雙軸形成忽主忽從的情形，如此不但沒有減損其「文學性」，反而使得結構更為生動靈活，也帶動詩意的多樣風姿。

第三節　李白樂府詩中的反常組合

　　簡言之，反常組合就是打破邏輯性的反常情形所構成的詩句，由於詩句間缺乏足以令人理解的相連性概念，看似信筆無端，徹底打破長久以來習以為常的既成軌跡，這樣的情形，就稱之為「反常組合」，這種說法在中國已不是新鮮事，符號學上的反常組合相當於中國所稱的「無理而妙」，或是「反常合道」，蘇軾云：「詩以奇趣為宗，反常合道為趣」，意指詩中奇趣往往由反常合道而產生。黃永武先生認為談反常合道須先從詩歌的任務上說起：

> 詩既有創新語言創新想像的任務，所以從形式上說，詩句是可以不用日常語言的連接法，也可以改變字的詞性作用；就內容上來說，它可以跳出習慣的聯想，它可以賦予常用字一種新鮮的用法，它可以超出常理的過份誇張，它可以改變日常的景物，使任何無情變為有情，它可以自成一套主觀的推理方式，看似無理，卻生妙意。〔註16〕

大體而言，黃永武先生認為反常合道的產生，是由於語言陳舊之後無法再有朝氣的表達詩人心中所欲表達的事物，「語言逐漸流入一條既成的軌跡，凝固成狹窄有限而缺乏新鮮想像的陳句」，於是需要刷新

〔註16〕黃永武《中國詩學・設計篇》〈反常合道與詩趣〉，台北：巨流圖書　　公司，民65，頁250。

陳舊句式與陳舊想像，再次給予人新鮮的感動；這種說法其實滿符合俄國形式主義「無意識化」到「陌生化」的基本需求，也是「文學性」構成的絕對步驟。甚至可說這是一場「陌生化」的再度「陌生」的文學運動，「陌生化」已是詩歌異於其他語言的基本要素，也就是說，詩歌本身就是「陌生化」的，然而，「反常合道」需要比詩歌本質所必備的「陌生化」更為「陌生」，它必須在根本上跳出平常的思維，以一種超出常理的想像建構新的語言模式，因此，它的重點在於「超出常理」的「陌生化」。

黃永武先生在書中將「反常合道」分別區分為七種手法，其大體如下：

（一）不用日常語言習慣的聯接法。

（二）特別在詩句的關鍵緊要處，改變這個關鍵性的詞性，達到詞性被活用的目的。

（三）運用出奇的聯想。這種聯想愈與常理不合，愈覺新闢。

（四）常字新用。

（五）故意作不合理的誇張。

（六）將客觀的事物現象，經過主觀想像的改變，重現出來。

（七）自定一套主觀的推理方式，對宇宙間的任何事物，別為假定，別為痴想。

綜合黃永武先生的說法，可以大略地說，他認為「反常合道」就是不合常理的聯想或是詞性的改變，例如，書中舉的一項例證：「卻寄雙愁眼，相思點淚垂」，眼睛不能寄，寄的卻是信，但是卻在「寄」的下面聯接「雙愁眼」，黃永武先生云：「這種手法，就是在詞語的聯接與意象的造型上，有意避開普通的結合，使一雙愁眼的淚光，在信箋上閃亮，何等動人！……這種故意避開通俗意象聯接的詩，它的妙處就在『反常』，無須多餘的解釋」〔註17〕；至於詞性的改變，黃永武

〔註17〕黃永武《中國詩學・設計篇》〈反常合道與詩趣〉，頁251。

先生特舉了白居易〈漸老詩〉與黃山谷〈次韻柳通叟寄王文通詩〉相比較，指出後一首詩中「朱」字形容詞轉爲動詞之後所產生的新鮮效果，白詩：「白髮逐梳落，朱顏辭鏡去」，黃詩：「心猶未死杯中物，春不能朱鏡裡顏」，白詩的「朱」只是形容詞，而黃詩的「朱」還兼攝了動詞的意義，於是比起白詩造就更爲生動的效果。

　　另外，趙毅衡先生在《文學符號學》一書中，對於反常合道也有一番說法，而在此要聲明的是，在此書中，他以符號學的雙軸原理來說明反常組合的結構，這種切入層面，與前文黃永武先生所提及的角度，十分不同。他認爲，文學語言與科學語言的差距在於，文學語言是「寬幅的」，也就是說兩者「組合軸」背後的「選擇軸」幅度有極大的不同，趙毅衡先生在書中舉了一個最易明瞭的例子，他說，我們可以說一塊木頭，但是不能說一塊水，「塊」這個字用於液體就會影響科學語言不能直接且確切的達到所指，因爲科學語言是必須要一加一等於二，他的符號傳達過程必須是直接相通的；但是文學語言不同，他絕對可以允許「一塊水」的形容，在不合邏輯的情況下首先與人新鮮未見的感覺，縱容文學語言的多種可能，因此，文學語言是屬於「寬幅」的，他在「選擇軸」上具有非常大的選擇餘地，於是展現於「組合軸」上儘管不合常理，但是卻符合了文學性「陌生化」的原則。趙毅衡先生以符號學的雙軸概念講述反常組合，因而在他的論述中標舉了兩種反常組合的構成結構──「以抽象喻具體」與「具體的詞與抽象並置」﹝註18﹞，而本文就以趙毅衡先生書中所論述的兩項觀點爲基礎加以改變、延伸，運用雅各布森的雙軸原理來探究李白樂府詩中的「反常組合」。雅各布森建立雙軸原理，本就依憑「選擇軸」上的「隱喻」關係與「組合軸」上的「聯想」關係而立論，首先，反常組合在「組合軸」上是以不合邏輯思維的方式並列，往往的情況是具體與抽象並置，從而造成奇異

────────────

﹝註18﹞趙毅衡《文學符號學》〈第四章詩歌語言的符號學研究〉，頁191-198。

的效果，如趙毅衡先生在書中所舉的例子——〈虞美人〉：「寄我江南春色一枝梅」，另有周邦彥〈花犯〉：「但夢想，一枝瀟灑」，抽象的「春色」與具象的「一枝梅」並列，水平軸上如此展現，看似十分不合常理，然而，此時檢視寬輻的選擇軸，在選擇軸上以抽象的「能指」喻具體的「所指」，但是只有抽象「能指」的部分能顯露於水平軸之上，另一「所指」的基項就必須被迫隱沒，兩者間取捨的關係，同時是中國詩歌中常見的「鍊字」或「鍊句」，即在一群字彙的選擇上，必須要挑揀一個最特出、最新鮮的用法，例如，王安石：「春風又綠江南岸」，先用「到」字，後改「過」、「入」、「滿」，最後選用「綠」；以符號學「能指」、「所指」而論，隱沒於選擇軸中的「所指」是不重要的，「能指」符號要負責抓住讀者全部的感知，如前文所引述的詩歌「卻寄雙愁眼，相思點淚垂」，眼淚並不能寄，寄的當然是淚痕點點的信箋，「雙愁眼」是「能指」，點點淚箋是「所指」，兩者在選擇軸上有互爲替代的隱喻關係，然而，相對於抽象眼淚的具體信箋，爲了要在水平軸上展現奇異的效果，所以它是一定要被隱沒的，於是這般縱橫組合的交錯，使得文字本身具備了新鮮魅力，吸引讀者目光，緊緊投射於符號本身（能指），這是藉由雅各布森的雙軸原理所解析之反常組合。以下筆者將直接舉李白樂府詩中的例子再做說明，並且爲李白樂府詩中的反常組合句進行一次結構的解剖：

（一）不信妾腸斷，歸來看取明鏡前。（〈長相思〉）〔註19〕

（二）君邊雲擁青絲騎。（〈擣衣篇〉）〔註20〕

（三）攀條折春色，遠寄龍庭前。（〈折楊柳〉）〔註21〕

（四）金釭青凝照悲啼。（〈夜坐吟〉）〔註22〕

（五）相思若循環，枕席生流泉。（〈去婦詞〉）〔註23〕

〔註19〕瞿蛻園等校注《李白集校注》（一），頁461。
〔註20〕瞿蛻園等校注《李白集校注》（一），頁456。
〔註21〕瞿蛻園等校注《李白集校注》（一），頁432。
〔註22〕瞿蛻園等校注《李白集校注》（一），頁253。

第一組例子在詞義上會令人摸不著頭緒，腹內斷腸又何能顯照於明鏡中呢？這似乎太奇怪了，我們以詩歌結構與比喻分析之，就能窺得其中奧妙所在。「妾腸斷」展現於「水平軸」上，相對於「明鏡」，是一個抽象的形象，因為在正常的情況下，明鏡無法照到斷腸，故而將兩項並列，給予讀者新鮮的感覺；而「腸斷」在不被顯示的「選擇軸」中，他還隱藏著具體的形象，也就是可以被鏡子所照出的，可能是滿臉的淚痕，或面容漸漸消逝的青春。以下我將以圖示解剖之：

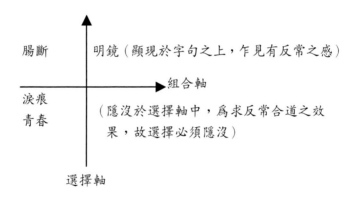

換言之，在「水平軸」上，「腸斷」是抽象，「明鏡」是具象，兩者互相並列，激起「陌生化」的奇絕效果，而在「選擇軸」上，「腸斷」相對於隱藏於選擇替代背後的淚痕與貌衰，又是抽象的，不被鏡子所照出的，而淚痕與貌衰就相對形成具象，只是它在字面上並沒有闖入「組合軸」，卻隱藏於「選擇軸」的深層意義中，於是方才形成令人費解不合常道的語言意義。因此，日常語言或科學語言不能在鏡中看取腸斷，但是文學語言卻可以，這種鍊字鍊句的文學手法，看似離奇，但藉著雙軸結構分析，仍舊可以剖析其「文學性」產生的因素。

第二組詩句「君邊雲擁青絲騎」，照字面解釋，青絲騎怎麼會奔騰於雲海之際呢？又是一句不合常道的詩句，「雲」是抽象的，反觀

〔註23〕瞿蛻園等校注《李白集校注》（一），頁 471。

「青絲騎」是具象的，兩者並列於「水平軸」間，產生令人不可思意的景象，亦延長了讀者的審美時間；而在「選擇軸」上，隱藏在「選擇軸」「雲」字內的是具象的燕然山，也就是詩中男主角所戍之處，兩者具備互為替代的隱喻關係，即燕然山同雲一般遠在天涯，遙不可及，而由「選擇軸」的角度看「雲」，它又相對與燕然山形成抽象與具象的關係，因此，「雲」的身份是多變的，端看由哪個軸而定。

在此，可以敏感地發現，隱喻的兩個基項在這種情形下，被強迫要隱藏於「選擇軸」之下，為的是強調「能指」的自指性，從而完成「文學性」；在上述這句詩中，「能指」就是「雲」，「所指」就是「燕然山」，而如果詩句強調「所指」，直接陳述出「君邊燕然青絲騎」的話，那就成了單純的陳述語，亦缺乏文學應有的深長韻味。

第三組詩句，「攀條折春色」，在日常的陳述語中，試問「春色」能摘折嗎？答案必定是否定，因為「春色」屬於抽象，但是用於詩歌中，「春色」是可以摘折的，同樣地，我將再使用剛剛虛實對應與雙軸原理分析之。「枝條」是具體的，「春色」乃抽象，具體的「枝條」所綻放的卻是虛象的「春色」，詩句即在「水平軸」上展現了其新鮮性；至於「選擇軸」方面，身為「能指」的「春色」依然以抽象型態存在，而隱藏於其後的則是具象的「所指」——「楊柳」（詩名為〈折楊柳〉），兩者一樣具有互為替代的隱喻功能，然而，為了伸展其「文學性」，「楊柳」必須躲藏於「春色」之後，成為一個隱沒的隱喻基項，否則，若將詩句改為「攀條折楊柳」，抽離了這層隱喻與虛實之關係，符號傳達過程將直往「所指」前進，也就喪失了使人回味遐想的審美趣味了。

第四個例證「金釭青凝照悲啼」句，本句詩與前文所舉的另一個例證「不信妾腸斷，歸來看取明鏡前」有相似之處，在日常語言中，凝住不動的燈光如何照取悲啼，悲啼如果依照字面上與上下詩文的解釋，啼是指啼哭的意思，一聲聲悲切的啼哭聲，又怎以燈光相照？因此這是一句不合常道、邏輯的詩句，但是如果我們以雙軸原理來探究的話，就能發現詩意其中的脈絡了。首先，在詩句「水平軸」的組合

上而言，「金釭青凝」屬於具體可觸的事物，而悲啼聲，與其相較，則屬於抽象的聲音表現，兩者並置於水平軸上，抽象與具象的落差，會給人新鮮的感受，再加上「照」這個字下的好，硬生生的將水平軸上的兩端「金釭青凝」與「悲啼」，以一個具象的動詞「照」，進行詩意更為緊密的連接，而這層緊密連接，於是更造成「金釭青凝」與「悲啼」間反常的落差，使其更偏離日常語言的思維方式。那麼，隱藏在「悲啼」之下的「選擇軸」背後的基項是什麼呢？從上下文看來，應是暗指縱橫的淚水與淚痕，這就是具象的了，它是可能也可以在凝聚的燈光下被照取的，而縱橫的淚容與悲啼兩者之間，具備著選擇軸上互為替代的關係，只是在選擇軸上，這層關係中的兩種基項必須要隱沒其一的，切斷人們正常的聯想與思維方式，因此，要刻意隱沒，甚至可以說，在用字的選擇時，必須抽換縱橫淚容的詞句，而代以抽象的、不被理解的「悲啼」。

此外趙毅衡先生筆下反常組合的結構中，「組合軸」與「選擇軸」內，抽象、具象的並列與替代，是他整個結構的基礎，但是我們發現，抽象與具象的並列本身即可造成違反常規的組合段，這是無誤的；然而在閱讀歸納李白樂府詩的同時，發現儘管「組合軸」上沒有明顯的抽象與具象差異，或是兩者間的形象是相對性的，而非絕對性的，其在遣詞用字方面，依舊有著不合常理的組合，在此種情況下，「組合軸」上或許出現一個畫龍點睛的動詞，或許發展出異常發達的「選擇軸」，以下筆者以幾組詩句為代表論述。

於是，我們再來檢視「相思若循環，枕席生流泉」之句。相思如若自動循環一般，無法以理性遏止，在此流泉與相思實則有著相似的聯想關係，同樣有源源不絕、難以阻止的質性，也算是雅各布森認定內標準的「文學性」，即「選擇軸」上意義相近的詞意，被置於「組合軸」中，然而作者巧思不僅如此，他在「枕席」與「流泉」間藉著反常的陳述，又再加深了一次「陌生化」作用。試問「枕席」何以生「流泉」？在水平軸上的並置的確使人費解，然實則隱沒於「選擇軸」

中另一個基象，應是落寞的雙眼，兩眼如流泉，才是合於邏輯的敘述方式，但是作者刻意在「選擇軸」中選鍊出「枕席」一詞，而它與雙眼之間的替代關係，就很富於聯想了，試想女主人翁夜夜臥於枕席之上，輾轉反側，憂不成眠，目不交睫的都在做什麼呢？當然淚眼就如同泉水一般，無止息的哭泣，想一遍就哭一遍，相思不止，眼淚不息，日日夜夜循環不已。

其實我們可以發現，李白在使用不合邏輯的詞意並排時，有時會使用一個生動的動詞，用以活化水平軸上的意念，與更為歪曲原本就已不合常道的用詞，例如「枕席生流泉」之「生」，以及即將要舉的下一個例證——「桃李傷春風」〈上之回〉〔註24〕。傷乃傷心、怨懟之意，原本「桃李」與「春風」並置，並無特別，古典詩歌往往也見兩者並列，如白居易之〈長恨歌〉：「春風桃李花開日，秋夜梧桐落葉時」，只是一個「傷」字落下，動盪了水平軸間的連接關係，試問桃李如何怨懟春風呢？實則刻意隱沒於「選擇軸」的基象為美人容貌顏色，人面與桃花本具有互相替代的聯想關係，皆是人世間最為姣好的青春，桃李與人面在相對而言，一是抽象，一為具象，具象的人面隱藏於「選擇軸」內，而帶以並列之後，較難一目透解的「桃李」。此外，再度玩味此詩句，我們將發現，水平軸上的春風，似可透出一隱沒的基象，抽象的「春風」與相對具象的歲月、時光，亦形成「組合軸」間的相似替代關係，於是，「桃李」亦傷歲月不再，而隨著春天漸逝，帶走的是一季桃紅柳綠的燦爛，還有整整一歲的青春時光。這樣的安排，使得讀者目光兩次集中於「能指」，「選擇軸」上或同時容納兩個並列的寬幅語言，不論分開或同時讀取，這般結構上的巧思安排，最終方才曲折的意會到「所指」之意，即恩疏寵不及，卻已花落色衰，春亦老矣之感嘆。這樣一個雙重「組合軸」的替代，所造成的反常效果，使得一個句子間，造就兩次「能指的自指」，讀者無暇思索「所指」，就逕自的

〔註24〕瞿蛻園等校注《李白集校注》（一），頁333。

陶醉於文字迷宮中。

本詩的雙軸結構如下圖所示：

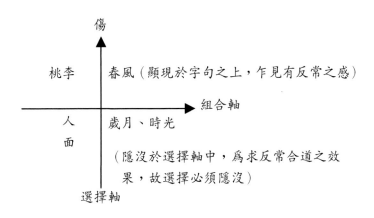

儘管反常組合的本身是這麼的不尋常，但是關於這個問題，所論繁多，已不是新鮮的尋常話題，它在形式上、內容上已被細分為許多種類進行討論，本文主要從雅各布森雙軸原理的切入點，進行李白樂府詩中反常組合的剖析。如果以俄國形式主義定義反常組合，筆者認為可視為「陌生化」的再度「陌生」，因為它必須強調其一反正常的思維方式，刻意避開通俗意象或連接方式，形成比正常詩歌更為新鮮的效果；如果以符號學的角度解釋反常合道的話，那就是嚴重延遲「能指」通往「所指」間的時間，因為所謂反常組合就是在水平軸（組合軸）上，反常的思維習慣與聯想所建構成的詩句，它必須要具備足夠的吸引力與新鮮感，使得讀者能持續地停留在水平軸間，細嚼慢嚥其中滋味，而這種「能指」的駐足對於反常組合而言是主要的，它必須承受比「半透明」更為「不透明」的符號狀態，那是進入詩歌語言之後再一次的更新，且是「能指自指性」的加強「自指」。

而以雙軸原理探究李白樂府詩，等於是進行一場手術解剖，先是橫向的觀察開展於水平軸無理而妙的詩句效果，後則縱向切割詩

句表層與深層、能指與所指間的關係，進而瞭解選擇軸是如何投向組合軸而造就的詩歌反常組合，在水平軸上看似無理，其實內部玄機暗暗隱藏於選擇軸中，藉由縱向選擇軸能指與所指間的替代拉扯，造成讀者在能指的長久駐足，出現比「詩歌性」更極端之「詩歌性」的美學效應。

第四節　對等原理與詩歌意義間的關係

　　樂府詩有時候並不像近體詩一般，形式上對應的十分完整，它屬於歌行體，在形式上，吸取《詩》、《騷》形式之長，又棄《詩》、《騷》形式之弊，創造了一種靈活多變的新形式，其句式有兩言的、三言的、四言的，五言的、六言的、七言的，呈參差錯落、不拘一格之態，顯輾轉流動、奔騰飛動之勢；這雖然是兩漢樂府情形，然而，李白寫作樂府詩多是舊題新創，形式上依舊照著兩漢樂府的樣式，因此，往往也在形式方面呈現出長短句式之貌。在這種情況下，對等原則又怎麼用於長短不定的樂府句式中呢？有些樂府詩固然長短一定且句式短小，如前文所引述的〈淥水曲〉、〈靜夜思〉、〈春思〉等，或是雖非通篇句式整齊，但偶也雜以對句，因而，我們盡可採用雅各布森的說法，即在形式上，韻律、格律、語音、語法的對等，都會影響到意義的對等，而意義的正對與反對都會形成結構關係的輕鬆或緊張，甚而，先有語音方面如格律平行、押韻方面的對等，才會引起語意的對等。雅各布森所言並沒有錯，但是，或許會對於展現奔騰飛逸之美的樂府詩長短句式或是非對偶句形成壓力，也就是說，有些樂府詩他們儘管在形式上並沒有一定的對等，然而，其意義上卻可以發現之中相反或相似的對應之美。而為了解析詩歌中變換的或隱或藏的意義，筆者欲藉著詩中結構的劃分以論述之，且藉著一次又一次結構的劃分，在意義的對應上，展現了繁複之多層詩意。

　　先解析一首耳熟能詳的樂府詩之前四句：

　　　　小時不識月，呼作白玉盤。又疑瑤台鏡，飛在青雲端。

（〈古朗月行〉）〔註25〕

這首詩完全缺乏所謂形式上的對等，可以分兩種分段方式來說明。首先，以前兩句後兩句為一組來論述：以首聯而言，「不識月」怎能對「白玉盤」呢，但是兩者間卻形成「選擇軸」闖入「組合軸」的情況，即他們具備了替代關係，「月亮」與「白玉盤」有形狀、色澤方面的類似性；而下一聯「瑤台鏡」、「青雲端」句是一個月亮動作的連貫，形成「組合軸」導向〔關於這方面，前文已論〕，重要的是，它與與首聯的「月亮」、「白玉盤」形成意義上的對等，相對於具象肉眼所能見的「月亮」、「白玉盤」而言，「青雲端」與「瑤台鏡」就是虛幻的。

　　另一種對應方式，是將「小時不識月」與「飛在青雲端」視為一組，對應「呼作白玉盤」與「又疑瑤台鏡」。在結構上，「月亮」、「青雲端」屬於「聯想關係」的「組合軸」，而「白玉盤」、「瑤台鏡」屬於「替代關係」的「選擇軸」，在意義對應方面，「月亮」、「青雲端」與「白玉盤」、「瑤台鏡」是一遠一近，一個動態的「飛翔」，一個又是靜態的物體。在兩種分段結構上，可以發現儘管是同一個詞語，他在詩句中也會形成多樣的樣貌。例如「瑤台鏡」，忽而虛幻遙遠（王母瑤台本是虛幻神話），又忽而觸目靜止，這樣的意義對等引導結構切分，於是意外的造成「白玉盤」、「瑤台鏡」多樣的風姿，在整個詩歌的深層意義上，亦同時隱喻了月亮的多樣神情。

　　再以一首樂府長詩為例：

　　天馬來出月支窟，背為虎文龍翼骨。

　　嘶青雲，振綠髮，蘭筋權奇走滅沒。

　　騰崑崙，歷西極，四足無一蹶。雞鳴刷燕晡秣越。

　　神行電邁躡恍惚。天馬呼，飛龍趨。

　　目明長庚臆雙鳧，尾如流星首渴烏，口噴紅光汗溝朱。

　　曾陪時龍躍天衢，羈金絡月照皇都，逸氣稜稜凌九區。

　　白璧如山誰敢沽？

────────────

〔註25〕瞿蛻園等校注《李白集校注》（一），頁332。

回頭笑紫燕，但覺爾輩愚。

天馬奔，戀君軒。駷躍驚矯浮雲翻。

萬里足躑躅，遙瞻閶闔門。不逢寒風子，誰採逸景孫？

白雲在青天，丘陵遠崔嵬。鹽車上峻阪，倒行逆施畏日晚。

伯樂剪拂中道遺，少盡其力老棄之。

願逢田子方，惻然爲我悲。

雖有玉山禾，不能療苦飢。嚴霜五月凋桂枝。

伏櫪含冤摧兩眉。

請君贖獻穆天子，猶堪弄影舞瑤池。（〈天馬歌〉）〔註26〕

這首詩可以用三種分段方式來分析：

第一種：分兩段，從首句「天馬來出日月窟」到「但覺爾輩愚」是一段，「天馬奔，戀君軒」到末句「猶堪弄影舞瑤池」是一段。第一段先言此馬所生之異，就外型特徵而言，爲良馬之像；而後又提及其神行雷電之速，朝於燕地暮至越；接著形容天馬的神采，並寫其曾經大用於天子之車，金羈絡月，照耀皇都，俊逸之氣，凌乎九州，連同爲良駒之紫燕且尚在後塵，望天馬而莫及；詩行至此，天馬之形、天馬之速、天馬之神采及天馬之得大用，一副騰騰然飛揚之狀，然而到下一段就形成一個對比，於是造成了意義的緊張。

從「天馬奔，戀君軒」起始，意義開始形成落差，在此之前是「曾陪時龍躍天衢」，天馬是光明的、俊逸的、目空一切且受天子賞識，因此是處於「遇」的狀態；而在此之後是「遙瞻閶闔門」，處於「不遇」的狀態，而以天馬之軀，竟服鹽車，流汗於太行之阪，飢困若此，伏櫪低眉，故而天馬渴望遇田子方，贖以布帛，獻於穆王，逸駕絕塵於瑤池之上。一前一後形成意義上的對等，雖然他在形式上，並沒有像對偶那樣形成工整的對等，但是他在意義上也造就了對等原則，於是形成了意義關係的緊張。

第二種：分爲四段。第一段從首句至「口噴紅光漢溝朱」，第二

〔註26〕瞿蛻園等校注《李白集校注》（一），頁234。

段自「曾陪時龍越天衢」至「誰採逸景孫」，而第二段中間又以「天馬奔」句做一個小小分割，爲的是進行「越天衢」與「遙瞻閶闔門」的裡外對應，第四段從「白雲在青天」到最末。這在整個「水平」結構上，造成「天馬自身／天馬境遇／天馬希冀」的敘述順序，而其中又隱隱與隱沒於「選擇軸」中的「內／外部現實／外部超現實」形成互代，即天馬將巧遇知音的希望託於具有浪漫性的神話幻想之中。

第三種：分爲五段。第一組所歸納的第一部份可以再分爲兩段，區分點在於「曾陪時龍越天衢」，第一段是屬於對於天馬體態神采動作的描摩，之後第二段是對於天馬駕凌皇都，逸氣凌凌的描述。第三段自「天馬奔，戀君軒」始，至「誰採逸景孫」，言天馬雖願爲天子之駕，然卻駐足於千里之外，不遇知音，故無由得進；第四段「白雲在青天」至「少盡其力老棄之」，開始形容天馬遭遇之苦，大別於御前情狀。第五段「願逢田子方」至句末「猶堪弄影舞瑤池」，天馬低訴心願，願遇知音，方不枉其出世之良才。

此處第一個部分對應最後一部份，也就是對於天馬英姿之描摩，與其最終屈於伏櫪之凄涼晚景，在情境上形成反面的對應；而第二段對應第四段，這是屬於境遇上「遇」與「不遇」的反面對應，一是年少時爲天子駕駒，逸氣凌凌，目空一切，一是爾後淪爲鹽車之服，汗流峻阪。整首詩的結構往中心點聚合，而第三段被擠壓成所有幸與不幸的轉捩點，一切就從排於「閶闔門」外，無由而入，開啓不幸的命運。

以上筆者根據雅各布森以雙軸與對等理論詮釋「文學性」之方法模式，並以李白樂府詩文本爲研究對象，方法論驗證詩歌文本的同時，亦進行對方法論的反思，並得出以下兩項對雅氏理論的質疑。

在索緒爾所認爲的雙軸結構中，「橫組合」是顯現於語言中的，是兩個以上的詞所構成的語言關係，而「縱聚合」卻是隱藏於語言之下，任何符號關係皆必須由此兩軸組成，例如人們配衣服，也有兩組構成的關係：帽子、上衣、裙子、鞋子搭配起來是「橫組合」，而單

就裙子長短、樣式等等的選擇方面，就是「縱聚合」，索緒爾的觀點就是兩軸一明一暗、一隱一顯，而後雅各布森發展其雙軸理論，將兩軸均置於語言的實際操作平面上，這種突破性的發展，靈活了雙軸理論，成為雅各布森一項極大的貢獻。

然而，跟隨此項理論前進，筆者亦發現其中隱藏某些問題。如前所言，雅各布森將詩歌性定義為「選擇軸投射於組合軸」，也就是以「選擇軸」為主導而造成隱喻功能之際，「文學性」隨即產生。雅各布森的雙軸原理是作為詩歌實際批評時一項重要的依憑，這是無庸置疑的。因此，在本章的第二節，筆者根據雙軸理論之中心思想，即「選擇軸」闖入了「組合軸」的情況進行解析，證明李白幾首樂府詩具備了構成文學的基本要素，且又回證雅各布森所言確能於李白詩歌中得到證實；然而，接繼由一些詩歌現象發現，當語言形成時間流動或動態行為時，雙軸原理開始變換其主從關係，所謂「選擇軸」上的替代關係在水平流動中顯得低調許多，轉而形成「組合軸」佔了主導地位。這樣的結果，不得不使我對於雅各布森的理論做出修正，他所說的，任何詩歌語言是在雙軸二元關係上所建構的，此點確定無疑，然而，其間的主導關係是隨著語意的需求而改變，雅各布森所下的定案：文學性是以「選擇軸」為主導的說法，僅能照顧到文學作品的某一部份，而非全面。當「水平軸」進而形成主導時，「文學性」不僅不會因此消失，反而將因為雙軸結構在詩歌中忽主忽從，變化多端而更呈顯出多元意義。

於是，這樣一個發現就引起了另一個弔詭的問題，雅各布森不是說了，先有語音方面、押韻等形式上的對等，才會引起意義的對等，然而，在樂府特別的長短句式之情況下，發現這並不是絕對的，藉由〈古朗月行〉、〈天馬歌〉的解析，可證明意義有先行對等的可能，有些樂府詩雖然在形式上缺乏完整的對等，但是它卻意義先行，形成對等，於是劃分為多種意義的組合，一樣給予讀者新鮮的可感性。

當我們修正了雅各布森的理論，再回過頭檢視是否違背其「文學

性」：他對於「文學性」的定義是「能指的自指性」，但是由本文所推導出的兩項歧出反省，即「組合軸」在某種特定的情形下，形成主導，與詩歌意義先行對等而方才牽動結構的對等，以上此兩者皆不違反雅各布森對於「文學性」的定義，因爲，所謂「能指的自指性」即是加強了「能指」的優勢，使符號傳達以不順利的方式傳達到「所指」，而雙軸變化所導致的結構對應多變，造成意義多元，一樣加深了人們對於「能指」的陌生程度，完全又回頭印證了雅各布森的符號學理論。因此，即便修正了雅氏雙軸理論，也全然不背離雅氏「文學性」的中心思維。

　　雅各布森以「文學性」爲研究對象，並由此建構對等原理與雙軸理論，於是確立文學科學性的研究方法。筆者期待藉由此番嘗試實驗，一方面深探一代詩仙的寫詩神話，一方面提供一種具體解讀，以及科學剖析方法，運用於平易少雕飾的文本上，補足傳統解詩形象話語之缺口。

第五章　結　論

　　本文主要探討李白樂府詩中的「文學性」，從「俄國形式主義」、「英美新批評」、「結構主義符號學」三方面立論，俄國形式主義所強調的是文學與非文學間的差異性，而英美新批評認爲語言的特異性在於複義、反諷、矛盾語等文學技巧，雖然也同俄國形式主義一般，注重文學本質的探討，但是新批評進入文學差異性的內部，直接對文學作品應有的語言手法進行分析研究，至於文學符號學部分，揭示了與「陌生化」相似的「文學性」概念，而語言方面的發展，亦是這個理論所著重之處。本文欲藉這些西方科學性的文本內部批評，探究李白樂府詩中的詩性語言，找尋其立詩之根本基項，並爲此堪稱一流之詩人寫下樂府詩性語言之具體分析的新嘗試。

一、從俄國形式主義探究李白樂府詩中的文學性

　　艾肯鮑姆主張：「形式主義者不是鼓吹一種研究方法，而是一種研究對象」〔註1〕，而這個研究對象，就是雅各布森所言及的「文學性」，事實上就是這個對象以及規定此對象的方式保證了形式主義理論的一致性；形式主義者堅持文學的特殊性，並且藉此強調文學與非文學（其中包含著科學語言或日常語言等等）間的差異，也因而揭櫫

〔註 1〕A・杰弗遜、D・羅比等著，李廣成譯《現在西方理論流派・第一章俄國形式主義》，頁 43。

了「陌生化」與「自動化」之間的對立；「陌生化」是俄國形式主義文論的中心思想，「陌生化」除了包含文學與非文學的對立外，也涵蓋著當文學作品行之久遠之後，漸漸變得習以爲常，不再被感知，於是需要新的形式手法，使其重返原本「陌生化」的效果。因此，「陌生化」成爲俄國形式主義批評家口中文學作品的基本型態，所有文學作品都必須跨越這個門檻才是眞正的文學，從這個角度出發，衍生出其他理論，李白樂府詩中對於舊有題材的翻新，與視感性、重複句法，都是爲了達到形式主義一貫的目的──「陌生化」效果，企圖在一次又一次句法或手段的翻新之後，從而營造出第一次觸目所及的新鮮感，使形式有阻拒性，以擴大感知的困難和延長感知的時間。

二、從英美新批評探究李白樂府詩中的文學性

　　新批評亦是強調詩或文學作品的獨特性質，這種態度，很接近俄國形式主義所言及的「陌生化」，但是這是屬於巧合的情形，因爲新批評家在建立理論時，並不知道形式主義者，兩者之所以會有這番相近的看法，比較大的原因是受到詩人愛略特的影響；俄國形式主義認爲文學的特質在於「陌生化」，而新批評幾個批評家提出了「複義」、「反諷」、「矛盾語」等，一樣是要求關注文學本質，而他們認爲文學的本質就建構於此，因此，我一直不斷的強調，本篇論文，尤其是新批評的部分，絕非修辭手法的研究，而是循著新批評立論之基礎點出發，所進行的是對於文學本質論的思考。而在這個部分的討論中，我分爲：複義、反諷、矛盾語三方面進行。

　　關於〈複義性〉的章節，透過燕卜蓀 "Seven Types of Ambiguity" 一書所舉證的七種類型，剔除重複與多餘的部分，以探討李白幾首樂府詩，於是發現在比喻所造成意義的融合與分歧、詞彙的衝突或互相闡明與語法結構不嚴密之下，李白詩中蘊含了十分豐厚的字質濃度，可以進行多層次意義的理解，於是在閱讀過程中，藏身於字句間的意義不斷被發覺，關於此，在李白幾首短小的樂府詩歌中，足見其字質

濃稠程度。另外，在〈反諷〉的章節中，所舉的例證幾乎皆是具有「諷刺」意義的反諷，探討李白如何在手法上使用所言非所指的反諷，而達到深而不露的藝術效果，並且，李白運用反諷手法有其特色，他喜愛不動聲色地加強描寫享樂與華麗的宮中生活，而後在詩尾輕輕作結，緩緩道出自己心中真意，於是造成極大的張力效果，形成李白樂府詩特有的反諷特色。至於〈矛盾語〉的部分，李白十分擅用矛盾語表達情感，藉此完成閨怨詩或是抒發其懷才不遇的感慨，這種手法李白用來總挾帶幾分醉意，或者應該說，詩人浪漫不羈之性格恰與矛盾語本身的藝術特性不謀而合，他往往將失意憂傷的情緒投入享福歡樂的情境中，刻意造成詩意的扭曲，這是為了容納第三種意義，也就是作者內在的真實心聲。

　　不論是何種手法，其實均導向多層意義的範疇，只是著重點相異罷了，而這些都在在證明了李白樂府詩具備了意的深鑿，就如同剝洋蔥一般，層層疊疊，越發深意，也藉由意義相反或相似間的碰撞，加大字質間的延展力，而達到張力的效果。

三、從文學符號學探究李白樂府詩中的文學性

　　俄國形式主義主要關注於「文學性」的部分，這是它的優點，也是它的侷限性，優點在於藉此將文學與其他學科區別開來，而侷限性則在於並沒有將「文學性」所應涵蓋語言方面之特徵進行深刻的闡述，其實這不應該苛責他們，因為每個理論都會有漏洞，至於嚴密的語言理論，就交由索緒爾與雅各布森等人為文學理論開拓範圍了。

　　在〈文學符號學〉章節的部分，以雅各布森的理論為主軸，揭示了與「陌生化」相似的「文學性」觀念，強調文學研究的對象是「文學性」的說法，從而發展出「符指過程六要素」與「雙軸理論」。「符指過程六要素」鑑定了「文學性」的概念，提出文學符號學最關鍵的一句話：「詩性就是能指的自指性」，因此，以這個觀點為基礎，探究李白樂府詩，就在於觀察其「能指」的走向，是否指向符號自身；此

外,「雙軸理論」中的對等原則也是本章所討論的重點,幾乎任何一種語言結構,都是這種二元進程的結果,因此,在本章第二節中就是談論李白樂府詩中的對等原則,也就是在「選擇軸」上意義相近或相反之詞間的關係,現在被置於「組合軸」展開於詩句中,並以幾首小詩證明了李白詩歌中因為雙軸結構所造成的文學性。

特別必須指出的是,在李白樂府詩的分析中發現一種與雅各布森理論相悖的現象,使得我們必須對雅各布森所言之「選擇軸投向組合軸」的定律,進行反思,在行為與時間連接下的「組合軸」,有時因為它的主導,也會形成詩性,甚至,在更多的時候,雙軸呈現靈活反應,時而以「組合軸」為主導,時而又是以「選擇軸」為主軸,這不但不影響其詩性產生,反而使得詩歌結構更顯活潑,從而影響詩意的多樣善變。另外,從雙軸原理的角度,我們還能窺見李白樂府詩中興而無端之不合常道的詩句結構,藉由雙軸理論的兩個基項,在水平軸上,一則隱沒,一則顯露,於是發掘了偏離常道思維之詩的思考脈絡。而在最後一節中,我們則發現,儘管沒有音韻上的對等,依舊可以找尋意義方面的對立原則,而且還可以透過多種方式的結構切割,從而完成各式各樣意義的對等。

運用西方文學理論來探究中國詩歌,並不是為了標新立異,而是欲尋求一個較為完整的理論模式,可以全心的、集中的且理論性的將中國詩歌的文學美深刻的揭示出來。本文以李白樂府詩為對象,針對其詩性語言究竟美妙於何處的問題,借用西方理論,作為一把先進的手術刀,縱向、橫向的解剖李白樂府詩,深窺其「文學性」之所在。畢竟,如果以李白樂府詩本身的研究而論,已有的論文、著作,不知凡幾,但是從二十世紀一些新的方法論著手,相信還是一片新興地帶,本篇論文也僅僅是一個開端,嘗試性地運用西方理論探索中國古典詩歌,致力於為中國古典詩歌提供新的視角,而在每一個未來,將是筆者篤志研究之途。

參考資料

一、古籍（按注疏編校的時代先後排序）

1. 漢・司馬遷著，楊家駱主編《新本史記三家注》（四）台北：鼎文書局：1997 年。

2. 梁・蕭統編，（唐）李善注《文選》，台北：藝文印書館，1979 年。

3. 宋・郭茂倩《樂府詩集》（一）（二），台北：里仁書局：1984 年。

4. 明・胡應麟《詩藪》，台北：廣文書局，1973 年。

5. 明・胡震亨《唐音癸籤》〈五言古詩敘目〉，台北：木鐸出版社，1982 年。

6. 明・唐汝詢選釋，王振漢點校《唐詩解》河北：河北大學出版社，2001 年。

7. 明・高棅編選《唐詩品彙》，台北：學海出版社，1983 年。

8. 清・丁仲祜《清詩話》（下），台北：藝文印書館：1977 年。

9. 清・沈德潛著，王雲五主編《唐詩別裁》，台北：商務印書局，1956 年。

10. 清・姚鼐輯，王文濡評注《古文辭類纂》，台北：華正書局，1998 年。

11. 清・高步瀛《唐宋詩舉要》，台北：學海出版社，1988 年。

12. 清・袁枚原著，張健精選《隨園詩話精選》，台北：文史哲出版社，1986 年。

13. 清・清聖祖御定《全唐詩》，台北：文史哲出版社，1987 年。

二、近人新注典籍（按姓氏筆畫排列）

1. 司空圖原著，陳國球編《二十四詩品》，台北：金楓出版公司，1987 年。

2. 劉勰原著，周振甫注《文心雕龍注釋》，台北：里仁書局，1998 年。

3. 李白原著，郁賢浩編《李白選集》，上海：古籍出版社，1990 年。

4. 李白原著，詹鍈主編《李白全集校注彙釋集評》（一）、（二），天津：百花洲文藝出版社，1996 年。

5. 嚴羽原著，黃景進編《滄浪詩話》，台北：金楓出版公司，1986 年。

6. 鍾嶸原著，廖棟樑編《詩品》，台北：金楓出版公司，1987 年。

7. 李白原著，瞿蛻園等校注《李白集校注》，台北：里仁書局，1981 年。

三、近人著作（按作者姓氏筆畫排序）

1. 王忠勇《本世紀西方文論述評》，昆明：雲南教育出版社，1989 年。

2. 文學評論編輯委員會《文學評論》，第七集，台北：黎明文化事業公司，1983 年。

3. 中國李白研究會等《中國李白研究》，1991 年集，南京：江蘇古籍出版社，1993 年。

4. 朱棟霖等主編《文學新思維》，南京：江蘇古籍出版社，1996 年。

5. 安旗《李白研究》，台北：水牛圖書出版公司，1992 年。

6. 李明濱《俄國近現代文學經典》，嘉義：南華大學，1998 年。

7. 李正治《至情衹可酬知己：文學與思想世界的追尋》，台北：業強書局，1986 年。

8. 李正治《政府遷臺以來文學研究理論及方法之探索》，台北：學生書局，1988 年。

9. 李正治《與爾同銷萬古愁──李白詩賞析》，台北：偉文圖書公司，1978 年。

10. 阮廷瑜《李白詩論》，台北：國立編譯館主編（中華叢書），三軍大學印製廠印行，1986 年。

11. 周英雄《結構主義與中國文學》，台北：東大圖書公司，1983 年。

12. 周英雄，鄭樹森合編《結構主義的理論與實踐》，台北：黎明文化事業公司，1980 年。

13. 周裕鍇《宋代詩學通論》，成都：巴蜀書局，1997 年。

14. 周紹良主編《全唐文新編》，四川：吉林文史哲出版社，2000 年。

15. 周慶華《中國符號學》，台北：揚智文化事業股份有限公司，2000 年。

16. 胡適《白話文學史》，胡適作品集 20，上卷・第二編（唐朝），台北：遠流出版公司，1988 年。

17. 柯慶明《文學美綜論》，台北：長安出版社，1983 年。

18. 施逢雨《李白詩的藝術成就》，台北：大安出版社，民 1992 年。

19. 施逢雨《李白生平新探》，台北：台灣學生書局，1999 年。

20. 唐文德《中國古典文學論集》，台中：國彰出版社，1987 年。

21. 袁行霈《中國詩歌藝術研究》，台北：五南圖書公司，1989 年。

22. 陳炳良《形式心理反應——中國文學新詮》，台北：台灣商務印書館，1998 年。

23. 陳傳才、周文柏《文學理論新編》，北京：中國人民大學出版社，1995 年。

24. 郭宏安、章國鋒、王逢振《二十世紀西方文論研究》，北京：中國社會科學出版社，1997 年。

25. 黃永武《中國詩學——設計篇》，台北：巨流圖書公司，1976 年。

26. 黃保眞、成復旺、蔡鍾翔《中國文學理論史——先秦兩漢魏晉南北朝時期》，台北：洪葉文化事業公司，1993 年。

27. 黃保眞、成復旺、蔡鍾翔《中國文學理論史——隋唐五代宋元時期》，台北：洪葉文化事業公司，1993 年。

28. 張永鑫《漢樂府研究》，南京：江蘇古籍出版社，1992 年。

29. 張淑香《李義山詩析論》，台北：藝文出版社，1987 年。

30. 張瑞君《大氣恢宏——李白與盛唐詩新探》，太原：山西古籍出版社，1997 年。

31. 葉慶炳《中國文學史》，上冊，台北：台灣學生書局，1986 年。

32. 葉維廉《比較詩學》，台北：東大圖書公司，1983 年。

33. 葉嘉瑩《迦陵談詩》，台北：三民書局，1970 年。

34. 葉嘉瑩《迦陵談詞》，台北：三民書局，1997 年。

35. 葉嘉瑩《好詩共欣賞——陶淵明、杜甫、李商隱三家詩講錄》，台北：三民書局，1998 年。

36. 聖寧《二十世紀美國文論》，北京：北京大學出版社，1994 年。

37. 楊海波《李白思想研究》，台北：學林出版社：1997 年。

38. 楊文雄《李賀詩研究》，台北：文史哲出版社，1980 年。

39. 楊文雄《李白接受史研究》，台北：駱駝出版社，1997 年。

40. 楊文雄《李白詩歌接受史》，台北：五南圖書出版公司，2000 年。

41. 葛景春《李白思想藝術探驪》，鄭州：中州古籍出版社，1991 年。

42. 葛景春《李白與中國傳統文化》，台北：群玉堂出版公司，1991 年。

43. 裴斐、劉善良主編《李白資料彙編》〈金元明清之部〉，北京：中華書局，1994 年。

44. 趙毅衡《文學符號學》，北京：中國文聯，1990 年。

45. 趙翼《甌北詩話》，台北：木鐸出版社，1982 年。

46. 蔡源煌《從浪漫主義到後現代》，台北：雅典出版社，1998 年。

47. 蔣紹愚《唐詩語言研究》，鄭州：中州古籍出版社，1995 年。

48. 劉大杰《中國文學發展史》（校訂本），台北：華正書局，1996 年。

49. 鄧牛頓《中華美學感悟錄》，北京：社會科學文獻出版社，1996 年。

50. 譚潤生《唐代樂府詩》，台北：黎明文化事業公司，2000 年。

51. 顏元叔《顏元叔自選集》，台北：黎明出版社，1980 年。

四、期刊論文

1. 中國李白學會等《李白學刊》，第二輯，上海：三聯書局，1989 年。

2. 中國李白學會等《中國李白研究》，1990 年集上，南京：江蘇古籍出版社，1990 年。

3. 中國李白學會等《中國李白研究》，1990 年集下，南京：江蘇古籍出版社，1991 年。

4. 李白研究學會《李白研究論叢》，第一輯（1989 年），成都：巴蜀書局，1989 年。

5. 李白研究學會《李白研究論叢》，第二輯（1990 年），成都：巴蜀書局，1990 年。

6. 王夢鷗〈文人的想像與感情的隱喻〉，刊於《中外文學》，7 卷 9 期，台北：民 68.2，頁 4～14。

7. 黃宣範〈語言、思想、意義——談人文活動中意義的整合問題〉，刊於《中外文學》，12 卷 4 期，台北：民 72.9.，頁 8～17。

8. 簡政珍〈隱喻及換喻〉，刊於《中外文學》，12 卷 2 期，台北：民 72.7，頁 6～18。

五、學位論文

1. 王佩儀〈李白的研究——文學研究法則的試探〉，香港：珠海書院中文研究所，1974 年。

2. 呂興昌〈李白詩研究〉，台北：國立台灣大學中國文學研究所碩士論文，1973 年。

3. 林慶盛〈李白詩用韻之研究〉，台北：東吳大學中國文學研究所碩士論文，1986 年。

4. 莊美芳〈李太白詩探源〉，台北：東吳大學中國文學研究所碩士論文，1986 年。

5. 陳宗賢〈李太白詩述評〉，台北：台灣師範大學國文研究所碩士論文，1970 年。

6. 陳麗娜〈李白詠物詩研究〉，台北：東吳大學中國文學研究所碩士論文，1987 年。

7. 黃淑娥〈李白樂府詩之修辭研究〉，香港：珠海書院中文研究所碩士論文，1987 年。

8. 張榮基〈李白樂府詩之研究〉，台北：東吳大學中國文學研究所碩士論文，1987 年。

六、翻譯或外文著作

（一）西洋

1. 西比奧克（Thomas A. Sebeok）Style in Language, Cambridge, Mass：.I. T.Press, 1960.

2. 格瑞柏斯坦著（Grebstein, Sheldon N.），李宗瑾譯注《現代文學面面觀》，台北：正中書局，1978 年。

3. 布魯特斯（Cleanth Brooks），"The Well Wrought Urn"（精緻的甕），San Diego, New York, London : Harcourt Brace Jovanovich, 1975.

4. 費爾迪南‧德‧索緒爾（Ferdinand de Saussure）《普通語言學教程》，台北：弘文館出版社，1985 年。

5. 外國文學研究資料叢書編輯委員會編譯《俄蘇形式主義文論選》，北京：中國社會科學出版社，1987 年。

6. 趙毅衡編選《新批評文集》，北京：中國社會科學初版社，1988 年。

7. 外國文學研究資料叢書編輯委員會編譯《「新批評」文集》，北京：中國社會科學出版社，1988 年。

8. 王忠勇著《本世紀西方文論選評》，雲南：雲南教育初版社，1989 年。

9. Terence Hawkes 原著，陳永寬譯 "Structuralism And Semiotics"（結構主義與符號學），台北：南方叢書出版社，1989 年。

10. 羅伯特‧蕭爾斯原著，高秋雁譯《結構主義——批評的理論與實踐》，台北：結構出版群，1989 年。

11. A.杰弗遜、D.羅比原著，李廣成譯《現代西方文學理論流派》，北京：

北京大學出版社，1992 年。

12. 威廉·燕卜蓀原著，周邦憲等譯 "Seven Types of Ambiguity"（朦朧的七種類型），杭州：中國美術學院，1996 年。

13. 維·什克洛夫斯基原著，二十世紀歐美文論叢書編輯委員會編譯《散文理論》，南昌：百花洲文藝出版社，1997 年。

14. 馬克佛、思布蟻合著，袁鶴翔等八人合譯《二十世紀文學理論》，台北：書林出版公司，1998 年。

15. 伍蠡甫、胡經之主編《西方文藝理論名著選編》（上、中、下卷），北京：北京大學出版社：2001 年。

16. 畢爾德斯理（Monroe C. Beardsley）原著，劉君祖譯〈論隱喻〉，刊於《中國文化月刊》，52 期，台北，1984 年，頁 23～35。

17. 梅祖麟、高友工原著，黃宣範譯〈分析杜甫的「秋興」——試從語言結構入手作文學批評〉，刊於《中外文學》，1 卷 6 期，台北：民 61.11，頁 8～29。

18. 梅祖麟、高友工原著，黃宣範譯〈唐詩的語意研究：隱喻與典故〉（上），刊於《中外文學》，4 卷，7 期，台北：民 64.12，頁 116～129。

19. 梅祖麟、高友工原著，黃宣範譯〈唐詩的語意研究：隱喻與典故〉（中），刊於《中外文學》，4 卷，8 期，台北：民 65.1，頁 66～84。

20. 梅祖麟、高友工原著，黃宣範譯〈唐詩的語意研究：隱喻與典故〉（下），刊於《中外文學》，4 卷，9 期，台北：民 65.2，頁 166～190。

21. 梅祖麟、高友工原著，黃宣範譯〈論唐詩的語法、用字與意象〉（上），刊於《中外文學》，1 卷，10 期，台北：民 62.3，頁 30～63。

22. 梅祖麟、高友工原著，黃宣範譯〈論唐詩的語法、用字與意象〉（中），刊於《中外文學》，1 卷，11 期，台北：民 62.4，頁 100～114。

23. 梅祖麟、高友工原著，黃宣範譯〈論唐詩的語法、用字與意象〉（下），刊於《中外文學》，1 卷，12 期，台北：民 62.5，頁 152～169。

（二）日本

1. 松浦友久〈李白樂府詩考——圍繞表現機能的完成〉，《中國古典研究》，16 期，早稻田大學出版部，1969 年。

2. 松浦友久原著，王元化主編《李白詩歌抒情藝術研究》，上海：古籍出版社，1996 年。

3. 松浦友久原著，孫昌武、鄭天剛譯《中國詩歌原理》，台北：洪葉文化公司，1993 年。

附錄一　生命悲的意識與應對方法
——古詩十九首的主題

摘　要

　　自有人類以來，生命悲歌即充斥於文學的口傳及書寫之中，人之生命存在，多是七情六慾雜陳，但驅動詩歌創作的主要力量，卻總是來自生命困頓的撞擊及悲哀憂苦之情感聚集，人在命運中行動受阻，而由這種生命困頓引發的悲情，於是更進一步使人沉思默念而觸及生命本質的悲涼：人的存在是向著死亡的存在，人永遠也無法獲得永恆。人以無窮的意志，體悟到如此無盡的悲哀，發於詩歌，就是卷卷深鬱深憂的吶喊，這樣一種文學創作的基本意識，西方謂之「生命悲劇意識」。而敏感纖細的中國詩人，亦不會於相同的人生話題中缺席，在「古詩十九首」中，即發現到「生命悲的意識」就是其詩歌創作原動力的基本意識型態中最重要的部分，而其中主要的內涵，包蘊著「生命困頓之悲」及「生命本質之悲」；然而，經歷了如此深刻之生命感受，詩人們於是產生許多心靈上之應對方式，終而歸結出人生最真實最渴望的需求——「歸」。

一、序　言

　　陸時雍《古詩鏡》說：「十九首深衷淺貌，短語長情」〔註1〕，「短語長情」的「情」指的是什麼內涵？究竟是一種怎樣的情感，可使鍾嶸寫下「驚心動魄，一字千金」的評價，關於這個問題，已有許多學者以不同視角進行探討，吉川幸次郎先生將這種情感稱為「推移的悲哀」，也就是「人類意識到自己生存於時間之上而引起的悲哀」，他並將悲哀分成三種論述：「對不幸時間的持續而起的悲研、在時間的推移中由幸福轉到不幸的悲哀、感到人生只是向終極的不幸即死亡推移的一段時間而引起的悲哀」〔註2〕：由於受到吉川幸次郎先生〈推移的悲哀〉之啟發，我欲針對三個問題中最後一個問題提出一些看法，且將「十九首」內「驚心動魄」的情感重新稱為「生命非的意識」，這是十九首普遍呈現的生命存在感受之基調，另外，本文欲為「十九首」的作者翻案，扭轉說詩者將其扣上「享樂主義」帽子的誤解，擺落詩中因激語而產生的包裝外衣，直接切入生命悲情與其應對方式的深刻了解，他們有深切的渴望，而這種渴望，絕非僅止於「享樂」。

二、生命悲的意識

（一）關「悲劇」與「悲劇意識」

　　談到「悲劇」的定義，就一定要提到亞里斯多德（Aristotle）《詩學》一書，亞里斯多德將戲劇分為「悲劇」（Tragedy）和「喜劇」（Comedy）兩類，關於「悲劇」的定義，他說：

> 如是，則悲劇者，乃一種嚴重，有起訖，且具幾何度量之術動之模仿：其文字以各種藝術的裝飾之，其各各部分含有若干種類；其體為實演而非敘述；其用在藉悲憫恐怖之情而使之得適當之宣洩。〔註3〕

〔註1〕　（明）陸時雍《古詩鏡》卷二，《文淵閣四庫全書》，總集類，集部三五〇，冊一四一一，頁27。
〔註2〕　吉川幸次郎著，鄭清茂譯，〈推移的悲哀——古詩十九首的主題〉，《中外文學》六卷4期，民66.09，頁25。
〔註3〕　亞里斯多德：《詩學》，台北:商務印書館，1970年，頁20～21。

由此我們可以看出亞氏對「悲劇」的定義，「悲劇」基本上是對動作的模擬，並且，悲劇有六個要素：情節、性格、亂令、思想、音樂、場面，在形式上，他要求情節一定要完整、統一，篇富長度適中；而在悲劇人物的性格上而言，悲劇英雄要有高貴的出身，但是由於性格上的偏執而不小心犯了某種罪惡或墮落；且悲劇要在語言上注重修辭；而在讀者反應中，必須能引發觀者哀憐與恐懼的情緒。

當戲劇在形式上構成「悲劇」之後，就該來探究悲劇底層那給予悲劇脈博與心臟的原力，即「悲劇意識」；那是真正觸動悲劇的按鈕，因為有這種意識存在，悲劇才顯得力量。在希臘悲劇中，人們以其渺小屠弱的身軀迎向廣大而變化莫測的命運，隨時會有無可抗拒的力量威脅其生存，希臘人認為這種力量來自於神，而如果我們將這股力量具像化，可以說這樣的阻力來自於難以解說的錯誤與機緣，或是一場懵懵懂懂而又十分陰鬱無情的生命現實，而透過這一連串阻力所造成的人生不幸，於是人們在痛苦中認識到生命與命運本質之必然性，這是身為萬物之靈的人何其有幸又何其不幸的認識過程。亞氏云快樂就是「不受阻礙的活動」，換言之，悲劇就是重重受阻的生命型態，叔本華說，「只有表現最大的痛苦才是悲劇」，然而，以西方悲劇的說法，人除了在經歷命運必然的阻力之間得到了對於生命本質的體悟，人還必須呈現出與悲哀並存的力量，就是對於災難的反抗，誠如叔本華所說的，把我們推向「振奮的高處」，於是，痛苦與反抗相互激發衝突，「人性由於矢志達成誓願的全盤失敗，領悟到自身無法回答的問題——這此與屹立不搖的秩序與善惡之間的強烈對照相違逆」〔註4〕，在這種衝突之下，儘管只是一聲瀕死淒絕的呼號，都可以散發出人性不屈服的光輝，這樣一種體會與認知、衝突與抗爭，於是就觸動悲劇的按鈕，迸發出「悲劇意識」。

〔註4〕亞斯培：《悲劇之超越》，台北：巨流圖書公司，1980年，頁21～22。

（二）「生命悲的意識」──人類共有的情感

而在所有「悲劇意識」中，人類最大問題就是關於個體存在問題；所有人類生命的進程都告知我們一件事：自出生始，我們即朝著死亡的方向邁進。而這種揭露個體的焦慮痛苦，並且進而展露「那些深深震撼我們存在問題，那個屬於自身命運、靈魂不朽的問題」，就是「生命的悲劇意識」（Tragic Sense of Life）。烏納穆諾（Niguel de unamuno）的書，書名就是《生命的悲劇意識》，他於首章開宗明義就提到：「我是一個人，……一個實質名詞的人。有血有肉的人；他誕生、受苦、並且死亡──最主要的就是他會死。……」〔註5〕當靈魂準備伸開雙翼，遨遊天際，死亡悲劇之手永遠在一旁不期地摧毀自由與幸福；而最大的悲劇尚且不是死亡，而是意識到死亡的必然存在與不可預其性，以及意識到死亡之後，那種渴求永恆的心聲與深知希望必然落空的無奈。

> 全體或是空無！莎士比亞所說的「存在或不存在」，或是「柯里奧蘭劇中瑪修斯所說的「他需要的不是神，而是永恆」，這句話到底還含有什麼其他的意義？永恆，永恆！──這就是最終及的欲求！〔註6〕
> 一切終將消逝！對於那些啜飲生命的泉水、品嘗善惡知識之樹的果實人而言，這句話是一再出現的詩句」，「存在，永恆而沒有終結的存在！對於生命的渴求，渴求更多的生命！……」〔註7〕

有些學者雖然沒有明白定義「生命悲劇意識」，然而在其言論間卻仍言及人類生命的終極問題，如叔本華認為，悲劇的根源就在生命本身，有身就有欲，欲望就有痛苦，這是真正的悲劇根源，叔本華亦

〔註5〕烏納穆諾著，蔡英俊譯：《生命的悲劇意識》，臺北：長鯨出版社，1979年，頁1。
〔註6〕烏納穆諾著，蔡英俊譯：《生命的悲劇意識》，臺北：長鯨出版社，1979年，頁52。
〔註7〕烏納穆諾著，蔡英俊譯：《生命的悲劇意識》，臺北：長鯨出版社，1979年，頁54。

多次讚許的引用卡爾德隆的這樣兩句詩：「人所犯的最大的罪，就是他出生在世」〔註8〕；人出生在世，最大的挫折莫過於死亡，因此，人類最大的欲望就是渴求永恆；人有無窮的意識，無奈人卻擁有有限的軀體，無窮的意識使他們由瞭解死亡轉而渴望永恆，於是千方百計創造永恆，而有限的軀體依然毫秒不差的將人類帶向死亡，因此，欲望必然成為空想，空想就形成無限的痛苦，人夾在其中進退維谷，於是哭嚎著最淒絕的呼喊，這就是「生命悲劇意識」。

　　而本文所擬定的「生命悲的意識」一詞，是從學界所熟知的「生命悲劇意識」一詞修正而來，當然，這個修正是有意義的，無非是為了避開「戲劇」這樣一個文學的形式所引發出的中國是否有「悲劇」的問題。關於中國是否有悲劇的問題，許多學者持的是反對意見，王國維先生在《紅樓夢》評論一書中說：朱光潛先生甚而明確的指出，中國根本沒有悲劇，他說：「事實上，戲劇在中國幾乎就是喜劇的同義詞。……」〔註9〕，「中國人實在不怎麼多探究命運，也不覺得這當中有什麼違反自然或者值得懷疑的，善者遭映、惡者逍遙，並不使他們感到驚訝。中國人既然有這樣的倫理信念，自然對人生悲劇性的一面就感受不深」〔註10〕。雖然，本文主旨所探討的並非中國是否有悲劇的論題，然而，在敘述之前，勢必要對這個問題進行說明，既中國是否有生命悲劇意識的問題。

　　由於對於人類存在的終極問題之體悟，西方詩人自其內心深處，對這種人生的飄忽感瓶發出淒絕的呼聲，卡爾德隆的詩篇〈生命如夢〉（Life is a dream），莎士比亞的詩句「我們是由幻夢織合的物品」，歌德的偉大著作《浮士德》中，甘卿的一段話更能充分的表現出對於人生終級問題的強烈體認與渴望：

　　　　啊！啊！他們來了。痛苦的死！

〔註 8〕朱光潛：《悲劇心理學》，台北：駱駝出版社，1993 年，頁 138。
〔註 9〕朱光潛：《悲劇心理學》，台北：駱駝出版社，1993 年，頁 220。
〔註10〕朱光潛：《悲劇心理學》，台北：駱駝出版社，1993 年，頁 218。

還是半夜你就要帶我走。
憐憫我，讓我活下去吧！
難道不能等到明天早晨嗎？
我還這麼年輕，這麼年輕！
可是就已經不得不死！

而這種對於生命的體認與悲哀之悲劇意識，絕不僅止於西方詩人；在中國，除了哲人老子曾說過：「吾所以有大患者，為吾有身」《老子‧第十二章》，莊子說過：「人之生也，與憂俱生」《莊子‧至樂篇》外。古典詩歌之中存在悲情的呼聲更是不絕於耳，《楚辭》：「惟天地之無窮兮，哀人生之常勤，往者余弗及兮，來者吾不聞」，古詩十九首《生年不滿百》：「生年不滿百，常懷千歲憂」，李白《將進酒》：「君不見，高堂明鏡悲白髮，朝如青絲暮成雪」，蘇軾《赤壁賦》：「哀吾生之須臾，羨長江之無窮」，《紅樓夢》中黛玉「葬花詞」：「花飛花謝花滿天，紅銷香斷有誰憐……濃今葬花人笑痴，他日葬濃知是誰？」，且其中的「好了歌」亦已意識到人生如夢，凡此種種，可知中國詩人們已然深刻感受到人生必定行向死亡的悲哀；鏡裡春花秋月，從英氣勃發的少年轉而成為垂垂老者，人就眼睜睜的觀看自己一步步向死亡，這份悲漢，是人類共有的哀歌，所不同的，只是彼此以不同的形式表達；因此，朱光潛先生所言「中國人實在不怎麼多探究命運」、「自然對人生悲劇性性的一面就感受不深」，至少不合「十九首」的精神；因此，我們大可不必受至於一種特定的文學形式——「劇」，因而感嘆中國缺乏悲劇的遺憾，在戲劇的形式上，或許中國古典戲曲是不符合西方悲劇的要求，然而，在中國的文學上，經由以上的論證，亦可窺出符合西方悲劇意識的「悲」的定義，因此，筆者欲將「生命悲劇意識」中「劇」字去掉，改為「生命悲的意識，捨棄形式框架，任何人皆可用任何一種文學形式，哭喊著這人生最無奈的悲哀。如是觀之，誰道中國沒有「生命悲劇意識」？中國與西方一般，也有最纖細敏感的文人墨客，面對全人類共有的課題時，中國文人絕不會在悲鳴中缺席。

三、生命困頓之悲與生命本質之悲

　　自有人類以來，生命悲歌即充斥於文學的口傳及書寫之中，人的生命存在，多是七情六慾的雜陳，但驅動詩歌創作的主要力量，卻總是來自生命困頓的撞擊及悲哀憂苦之情感的聚集，人在生命長河中行動受阻，由這種生命困頓引發的悲情，於是更進一步使人沉思默念而觸及生命本質的悲涼：人的存在是向著死亡的存在，永遠也無法獲得永恆。「生命悲的意識」即是這種詩歌創作原動力的基本意識型態中最重要的部分，其主要的內涵，包蘊著「生命困頓之悲」及「生命本質之悲」。

　　馬茂元先生《古詩十九首探索》中提到：

> 在「十九首」裡，表現這種羈旅愁懷的不是遊子之歌，便是思婦之詞，……在安定的社會裡，正如孟軻所說，「內無怨女，外無曠夫」；反之，有天涯漂泊，欲歸不得的遊子，也就有空閨寂寞，憶遠懷人的思婦。……「十九首」的作者就是通過這兩種題材來寫他們的人生感概的。〔註11〕

簡言之，「古詩十九首」中所涉及的生命情境除了「遊子離鄉」與「逐臣棄婦」外，還有第三種「死生新故」之感，而由於前面兩種「生命困頓之悲」的發生於是更鑿深了「死生新故」之「生命本質之悲」的哀傷程度；誠如叔本華所說，快樂就是「生活不受阻礙」，因此，可說「生命困頓之悲」是詩人在生活的命運上受阻，而「生命本質之悲」為詩人於人生的終極問題上受阻而產生的苦痛，而兩者之間互為影響。

（一）生命困頓之悲──遊子離鄉

　　既然遊子和思婦是構成古詩十九首的基本內容，因此就必須說明構成遊子問題的時代背景。漢代官吏的任用方式有選舉（即察舉）、徵召、辟召、任子、納貲等方式；而選舉又可分為詔舉與常舉。選舉者，是中央大臣或地方長官察鄉黨之輿論，舉其人才，推薦到中央參加某種形式的考試任用制度。嚴格說來，察舉又可分為詔舉與常舉，

〔註11〕馬茂元：《古詩十九首探索》，台北：河洛圖書出版社，1978年，頁21。

前者是由皇帝詔命中央與地方官舉特定人才,「賢良方正」就是屬於
這個範圍;而後者是地方政府選舉人才推薦到中央的辦法,起初也是
由詔命規定,後來成為定期的選舉,如「州舉茂才」、「郡舉孝廉」就
是屬於這個範圍。至於辟召是由中央或地方官直接自選自己僚屬的辦
法,而徵召乃係由皇帝對於某些特殊才學或道術之士的召聘;而任子
與納貲則是蔭官與捐官的辦法。並且,由於武帝時董仲舒的建議,使
得武帝不只在京師設立太學、置五經博士,也令郡(國)並遍設立學
校,受天子委託替國家培育人才,博士底下的太學生一年考驗一次,
成績優異者任為郎官,非常有前途。這樣的選舉制度至東漢日漸完
備,然而,到了東漢末年,宦官亂政與豪族干預成為選舉敗壞的原因
之一,貴戚宦官干預選舉製度而導致選舉不公,且由於教育並及,太
學生增加,龍門更為狹窄,而「學而優則仕」一直是中國知識份子最
美的一場夢,由於時代命運之無情擺弄,導致人生的際遇上遇到阻
礙,於是造成遊子離鄉求仕,外地漂泊半世,而這種阻礙卻是知識份
子一生的夢想,因此可想而知那份怨氣與哀嘆之重了。

　　並且,東漢末年是中國政治、社會史上一段昏暗的時期,桓、靈
帝朝間的兩次「黨錮之禍」,外戚、宦官、官吏相互傾軋,當一個社
會在政治上嚴重失序,知識份子的生命與求仕之途必定遭到更為不平
衡的阻礙,於是更加深了失意濃淪之感,於是就構成了搶十九首中遊
子離鄉的基本內容,在此舉兩首詩為證。

　　　　青青陵上柏,磊磊澗中石,人生天地間,忽如遠行客。
　　　　斗酒相娛樂,聊厚不為薄;驅車策駑馬,遊戲宛與洛。
　　　　洛中可鬱鬱!冠帶自相索。
　　　　長街羅夾巷,王侯多第宅;兩宮遙相望,雙闕百餘尺。
　　　　極宴娛心意,戚戚何所迫?〈古詩十九首・青青凌上柏〉
　　　〔註12〕

〔註12〕　(梁)昭明太子《文選》,台北:華正書局,民84,頁409。
　　　　　本文所引〈古詩十九首〉皆同此版本,下引文省略不註,以減省篇
　　　　　幅。

今日良宴會，歡樂難具陳。彈箏奮逸響，新聲妙入神。

令德唱高言，識曲聽其眞；齊心同所願，含意俱未伸。

人生寄一世，奄忽若飆塵；何不策高足，先據要路津？

無爲首貧賤，轗軻長苦辛。〈古詩十九首・今日良宴會〉

以上兩首詩皆是詩人鬱鬱不得志的心情點滴，關於此，已有許多學者進行過精彩的論述，因此我就不再花篇富解釋了；然而，我必須標舉出兩個詩人重要的基本意識：首先，就是受到阻礙且受盡折磨的心靈，產生了一種人生的「懸空感」，以狹義而言，是人在宦海中浮沈，茫茫不著光明的彼岸，而由此投射到整個人生，人在快速的時間流動間蒼老，且緩慢地飄移於天地間，無所依傍的懸空，也就是說，人因生命遇挫而苦悉緊繃的心情，在無邊的人生際遇中感受到時間倉皇而過，而在這種情境下，於是體認到生命、人世皆不足以滿足自身心靈，甚至不可能滿足，而產生一種超乎平常放鬆的心情─「遊戲宛與洛」─關於「遊戲」二字，馬茂元先生解釋爲「看看熱鬧」，看什麼熱鬧呢？京城洛陽的粉面太平的熱鬧嗎？還是冠蓋雲集的熱鬧？其實可以再引伸爲人生的熱鬧，以一種超拔於人世間的姿態，俯瞰生命，體悟到生命不過一場幻夢，然而筆者並認爲這是一種厭世思想或是享樂主，關於此，筆者將於最後一部分進行辯證與論述。

（二）生命困頓之悲──深閨思婦

有離鄉求壁的遊子，就有深閨寂寞的思婦，兩者間的關係，最主要是經由兩條主線鏤深悲傷的刻痕──時間與空間，而這種時間與空間交錯的意識，也同時是遊子離鄉的空間感所刺激的思婦之情的時間感，吉川幸郎先生在〈推移的悲哀〉中已將「十九首」的時間性作了全面的分析，筆者欲以時間與空間的並列與交錯，再進一次省思。

遊子在空間上流轉，相思之人就在時間上受磨；遊子在遠方流動，對於遊子本身而言，他們是漂泊天涯的過客，流動於某一個空間中，而若以思婦心靈感受爲主體，遊子佇足於遙遠的空間裡，甚至這個空間一直不斷的被拉長，於是思婦在等待過程中情感受壓抑的苦

悶，化爲形象，或流淚終日，或登高獨望，或消得憔悴，而在這形象
化的深處，所隱藏的是心靈對於時間的流動所產生的心靈觸動──在
時間上就會產生一種矛盾的情感──遊子象無歸來之日，時間的步
調，就是既緩慢又快速。緩慢的是等待的過程，這尤其在夜晚感觸更
深，漫漫長夜閨房寂寂，夜晚彷彿被拉長一般，因思念而失眠的人，
感覺時間的流動格外緩慢；而快速的是在無窮等待的過程中，日復一
日，年復一年，時間形成一種不幸的延長，思婦們想要抓住時光，留
住青春迎接歸人，不願於不幸的時空中蹉跎生命，然而，歲月不待人，
它依舊固執的往前邁進，於是所感受到的就是時間的「速」、「短」，
與青春的流逝──

> 蕩子行不歸，空床難獨守。〈青青河畔草〉
> 終日不成章，涕泣零如雨。〈迢迢牽牛星〉
> 愁多知夜長，仰視眾星列。〈孟冬寒氣至〉
> 相去日已遠，衣帶漸已緩。〈行行重行行〉
> 思君令人老，歲月忽已晚。〈行行重行行〉
> 同心而離居，憂傷以終老。〈涉江採芙蓉〉
> 思君令人老，軒車何來遲？……過時而不採，將隨秋草萎。
> 〈冉冉孤生竹〉
> 所遇無故物，焉得不速老。〈迴車駕言邁〉

等待是一生最初的蒼老，由於時代悲劇的擺弄，使得思婦在情感上受
阻，一樣是生命中產生的困頓，而這種困頓正恰恰觸發了對於生命本
質的思考，因此，在流露思婦之情的篇章中，我們也能感受出深閨思
婦對於生命本質之悲的哭喊。由於空間的佇足，遊子與思婦各在天一
涯，於是，內心的不安全是劇烈的，漫長的等待使人感受到紅顏凋零，
於是更使人驚覺到死亡的逼近。「傷彼蕙蘭花，含英揚光輝；過時而
不採，將隨秋草萎」，就是藉由花開花謝來象徵生命必將於等待中凋
零，如果你依然在遠方。

> 相去萬餘里，各在天一涯。道路阻且長，會面安可知？
> 〈行行重行行〉

　　采之欲遺誰？所思在遠首。還顧望舊鄉，長路漫浩浩。
〈涉江採芙蓉〉
　　馨香盈懷袖，路遠莫致之。〈庭中有奇樹〉
　　相去萬餘里，故人心尚爾。〈夢東寒氣至〉
　　千里遠結婚，悠悠隔山坡。〈冉冉孤生竹〉

故人遠在空間上流轉，這個空間的長度，不是比鄰，而是遙遠的天涯；山巔水媚之隔，相見無期之慟，加上時代的動亂，死亡戲碼不停地在人間上演，更加深了對生命的無常感；遊子與思婦他們各於所屬的空間中流動，不斷哀嘆著漂泊無依的「懸空感」，遊子不知歸期，而思婦心之所繫情之所屬亦無塵埃落定的一日，於是，不論遊子與思婦，其生命的困頓皆不約而同的指向那個人生痛苦的終點——死亡。

（三）生命本質之悲

　　「十九首」中整體情感，除了「遊子離鄉」、「思婦之詞」所構成的「生命困頓之悲」外，還有由「死生新故」之感所構成的「生命本質之悲」。在「十九首」中，詩人們體悟到人生的終極問題，人的一生必然的路徑就是從出生到死亡，不論你是富貴的官紳或是貧窮的乞丐，邁向死亡之途絕對是生命的必然方向。

　　驅車上東門，遙望郭已墓，白楊何蕭蕭！松柏夾廣路。下有陳死人，杳杳即長暮。潛寐黃泉下，千載永不寤。浩浩陰陽移，年命如朝露；人生忽如寄，壽無金石固。歲月更相送，聖賢莫能度；服食求神仙，多為藥所誤；不如飲美酒，被服紈與素。〈驅車上東門〉
　　去者日已疏，來者日已親。出郭門直視，但見丘與墳。擔墓犁為田，松柏摧為薪。白楊多悲風，蕭蕭愁煞人。思還故里閭，谷道無因。〈去者日已疏〉

放眼所及的是墳墓，標誌著人生已定的方向，儘管是聖賢，都無法超越死生的法則，他們看到了死亡的符號——墳墓，也因此否定了肉身長生的可能，「人生非金石，豈能長壽考」〈迴車駕言邁〉，意識到人是無法像多夏長青的松柏與萬年的金石永遠如故，生之始，也就是死

之始，此為其一：死亡的必然性。其二，詩人們也體悟到死亡的本質：
絕對之毀滅性；「下有陳死人，杳杳即長暮。潛寐黃泉下，千載永不
寤」，生命不但終究會走向死亡，且死亡具有絕對毀滅的本質，人一
旦走入黃泉，就如同浸在漫漫長夜之中，永無邊際，永不見光明，再
無復生的可能。人以廣大的精神而體悟到如此不堪的生命本質，因
此，一種侷促不安的心靈狀態就悄悄醞釀於心中，尤其是詩人們脆弱
敏感的靈魂暴露於真實的人生事件之中，那種不安的無常感更是劇
烈，畢竟，人們必須眼睜睜的望著自己被造物者安排著一步步邁向死
亡，對於生命於是就會產生一種不同的感覺——

> 浩浩陰陽移，年命如朝露。人生忽如寄，壽無金石固。
> 〈驅車上東門〉
> 青青凌上柏，磊磊澗中石。人生天地間，忽如遠行客。
> 〈青青陵上柏〉
> 人生寄一世，奄忽若飆塵。〈今日良宴會〉
> 四時更變化，歲暮一何速？〈東城高且長〉

當詩人們體悟到生命的終極問題——死亡之後，繼之而起的就是感受
到生命進程的本質，此為其三：生命的無常與短促。由於人們必需眼
睜睜的望著自己被造物者推向死亡，因此，歲月在人們眼中就變得十
分脆弱，於是詩人們紛紛以「忽」、「速」來悲嘆時間的推移，陳述著
生命進程的本質；此外，還可發現詩人喜歡使用如「朝露」、「飆塵」
等字眼比喻人生，這些辭語都有項共同特色——短暫無常——太陽升
起，朝露即化為烏有，而飆風旋起，湮塵消失於風中，朝露與湮塵都
無法決定自己何時存在又何時消失，就如同人生一樣，人無法決定自
己在何時死亡，而死神永遠在不知名的角與不預期的時刻，冷不防地
伸出魔手，奪取人生的幸福與寶貴的生命。

生命的本質除了無常與短促之外，在「十九首」中還可窺得一重
要的感受，就是前面所提過的，生命的「懸空感」，詩人們感受到自
己只是天地間的過客，如浮萍一般的生命，茫茫然無所憑藉；而這種

生命懸空的感覺，會因爲生命困頓之悲的兩種型態——「遊子離鄉」
與「深閨思婦」而加深，由於人在生存的際遇上嚴重受阻，於是更會
對於原本悲哀的生命本質產生更爲悲劇化的體悟，「十九首」幾個觸
及到「遊子離鄉」內容的詩篇，如〈青青陵上柏〉、〈今日良宴會〉等，
當詩人們悲鳴自身遭受現實無情的打擊時，總會引發生命本質之感
概，而於「深閨思婦」的篇章中，亦見到他們於漫長的等待中驚覺到
時光和青春之流逝，由此足見兩者間的互動關係。而就如同人在宦海
中浮沉一般，人同樣也在天地間浮沉，人僅僅只是天地間的過客，而
眞正的主人卻是穿流不息的時間與流轉不定的空間，人在時空的流
裡，被拋來丟去，最後由死神接手，軀體種在東門外一塚塚的荒丘，
而靈魂依然在天地間流轉，遊子還是遊子，終究難成歸人，閨房寂靜
依舊，傳來的又是一陣一陣的嘆息。

> 去者日已疏，來者日已親。出郭門直視，但見丘與墳。古
> 墓犁爲田，松柏摧爲薪。白楊多悲風，蕭蕭愁煞人。思還
> 故里閭，欲歸道無因。〈去者日已疏〉

「古墓犁爲田，松柏摧爲薪」，人世間的滄桑變化在死後依舊流轉不
定，在這裡，死不是一種解脫，卻仍是生前流轉的延續；莊子《至樂
篇》有一段敘述莊子夢中與骷髏交談，問骷髏是否願意再生，而骷髏
卻有寧死也不願再生的想法，可見莊子的悲哀僅止於生前，死後尚且
得以喘息，而「十九首」的悲哀卻在萬世，時、空這兩把利刃，確實
在詩人心中劃下一道摧心裂肺的血痕，它是最悲哀的「生命悲的意識」。

四、對於「悲的意識」之應對方式

　　既然命運的律令爲必然性的物理定律，在機緣之前，在死神之
前，在時代命運之前，人們微小的力道根本不足以憾動其豐厚的羽
翼，那我們該怎麼辦呢？在理論上，悲劇哲學家告訴我們，眞正悲劇
是悲劇人物遇到困難時，表現出堅毅不屈的反抗力量，儘管受到命運
的網羅與阻礙，依然奮力掙脫，儘管明知不可爲，但是在心中仍舊產
生了一種火花，標誌著人類引以爲傲的精神實質，這是希臘悲劇的崇

高感；此外，當人們在這樣一個苦悶的人生中走一遭之後，經歷人生的體驗，感受到微不足道的生命與廣大天命的抗爭，在風裡來雨裡去之後，於是，人們得到了什麼，人們讀懂了什麼，命定的災難使我們開始懂得如何面對生命，並處理這樣一個無奈的人生課題。

（一）意志力

人生僅有毀滅幸福與生命的力量隨時擺佈是不完全構成悲劇意識的，因為悲劇是必須要具備對於苦難的反抗，人儘管只有有限的肉體，不足以對抗無窮的命運，然而每當人類被命運耍弄，一種人類獨有的尊嚴而生的振奮之感，就會不自覺的凸出，散發著無盡的光輝，在在的顯現出悲劇的力量。

> 棄捐勿復道，努力加餐飯。〈行行重行行〉
> 君亮執高節，賤妾亦何為！〈冉冉孤生竹〉
> 置書懷袖中，三歲字不滅；一心抱區區，懼君不識察。
> 〈夢東寒氣至〉
> 相去萬餘里，故人心尚爾。文彩雙鴛鴦，裁為合歡被；著
> 以長相思，緣以結不解。以膠投漆中，誰能別離此。
> 〈客從遠方來〉

人往往在實質的困頓之後，精神卻獲得加倍的補償，而這種補償不是外在之力，而是來自內心旺盛的火種，儘管思人各在天一涯，儘管相去日遠，然而，卻能憑藉堅定的想念與忠貞不二的情感保證，戰勝命運無情的阻隔與不幸時光之流動，因此，「十九首」之「思婦之詞」中，我們可清楚的聽到他們經歷相思折磨之苦後，卻仍大聲的呼喊著，行跡的隔離並不能阻撓彼此心靈的契合，儘管生命短速，時空又將我們切隔為兩條平行線，然而，我們依然可以以一種力透紙背的情感相會。

（二）享樂主義的糖衣

既然生命不停的流轉，明日不可期，未來不可期，而唯一可期的只有死亡，只有漂泊，因此，詩人們就產生了及時行樂，活在當下的想念。

斗酒相娛樂，聊厚不爲薄。〈青青陵上柏〉

<u>何不</u>策高足，先據要路津？無爲守窮賤，轗軻長苦辛。〈今日良宴會〉

蕩滌放情志，<u>何爲</u>自結束？燕趙多佳人，美者顏如玉。〈東城高且長〉

奄忽隨物化，榮名以爲寶。〈迴車駕言邁〉

服食求神仙，多爲藥所誤。<u>不如</u>飲美酒，被服紈與素。〈驅車上東門〉

畫短苦夜長，<u>何不</u>秉燭遊。爲樂當及時，何能待來茲？〈生年不滿百〉

醇酒、美人、華服、遊樂與功名利祿，這些都是「十九首」中及時行樂的具體內容，有這樣明確的文字證據，詩人們就難免被貼上「享樂主義」的標籤，然而，這並不是他們最終極的解脫方式，既然他們的痛苦在於生命的困頓流轉（因爲在流轉中特別能感受到生命的短促與死亡的張力），那麼，解鈴還需繫鈴人，解脫之道於歸回到一個足以使生命休憩的定點，「享樂」，只是一種暫時的麻醉劑，我們發現詩人喜受用「何不」、「何爲」，這就是一種賭氣的口吻，相當於白話的「乾脆」，（生命既然如此短促、痛苦，我乾脆甘如何如何算了！），因此並不是他們真正的想法。

並且，詩人們也沒有在行滌中真正得到快感，佳人在側，鳴琴奏樂，抱著尋樂而來的詩人，感受到的卻是「音響一何悲！弦急知柱促。馳情整中帶，沈吟聊躑躅」〈東城高且長〉，如果不是詩人心中有相同的感概，如何經由聽曲達到與歌者感心，又如何會被歌者的悲哀所吸引，另外，在熱鬧的宴會中，詩人那份因漂泊而產生的對人生的無常感亦時時噴薄而出，可見，行樂只是詩人包裝於傷痛之外的糖衣，他們真正的呼喊並不僅止於此。

（三）對「歸」的渴望──停止流轉

那麼，「古詩十九首」中對於人生最終極的解脫之道爲何呢？既然生命困頓之悲最後都指向生命本質之悲，那麼，兩者的應對方式最

後當然會回歸至一個終極之途，這個回歸點，我將稱爲「對歸的渴望」，也就是說面對人生無情的阻礙，「十九首」詩人們的解脫之道在於回歸到一個可使生命休憩的定點。在此，同樣地分爲「遊子離鄉」、「深閨思婦」、「死生新故」三方面各舉一例說明之。

> 明月何皎皎，我羅床幃。
> 憂愁不能寐，攬衣起徘徊。
> 行客雖云樂，不如早旋歸。
> 出戶獨傍徨，愁思當告誰？
> 引領還入房，淚下沾裳衣。〈明明何皎皎〉

融化及時行樂的糖衣，離鄉遊子不小心洩漏了他們眞正的心聲——「行客雖云，不如早旋歸」——他們以「故鄉」當作目標，但是，「故鄉」只是一個象徵性的定點，或者說是一個象徵性的依靠，企求能在人世間尋覓到一處可供喘息安之處，小則於宦海中尋覓出路，廣則於懸空的人生中，能找到一處安放心靈之地，再也不願流轉、漂泊。

另外，在「深閨思婦」方面，歸人在萬里之遙的遠方流轉，因此，思婦在情感上亦隨其流轉，他們暗夜無眠，登高眺遠，此刻的情感是飄蕩無依的，除了以想念與痴等來鎖住深情外，思婦們最深的渴望就是遊子的歸來，使得情感能歸回到一個安定的港灣。

> 行行重行行，與君生別離。相去萬餘里，各在天一涯。道
> 路阻且長，會面安可知？胡馬依北風，越鳥巢南枝。相去
> 日已遠，衣帶日已緩；浮雲蔽白日，遊子不顧反。思君令
> 人老，歲月忽已晚。棄捐勿復道，努力加餐飯！
> 〈行行重行行〉

在他們堅定的想念中，依然保留著美好的渴望，即對於未來相會的希冀，因此，希望對方保重身體，等待他日相見，等待行跡相合之日，彼此都不再流轉，而在定點中得到失去已象的幸福。

> 去者日已疏，來者日已親。出郭門直視，但見丘與墳。古
> 墓犁爲田，松柏摧爲薪。白楊多悲風，蕭蕭愁煞人。思還
> 故里閭，欲歸道無因。〈去者日已疏〉

生前的不定與死後的流轉，於是使人對於生命產生一終極的企求，這首詩已可明確的看出，行樂並非詩人生命最終的寄託與解決困頓的方式，宛如「作客」般匆促又不定的人生，再多的美酒，再熱鬧的場景，都無法止息內心對於生命殘酷事實的控訴與不安定感，於是，面對生命本質的困頓，詩人們內心就產生對「歸」的渴望，這是一種對於人生安全感的企求，對於命運所掌握的廣大資源的期待分享。但是這種希冀並不易達成，事實上是不可能達成——

　　還顧望舊鄉，長路漫浩浩。〈涉江採芙蓉〉
　　思還歸故里，欲歸道無因。〈去者日已疏〉

「相去日已遠，衣帶漸已緩」，欲尋歸鄉路，無奈煙塵漫漫，這又是一場空想！就表面意思而言，詩人們求歸不可得，求尋一處安心無矼的地點不可得，而深層的意義在於他們闡述了人世間如物理定律般不變的本質——時代命運的擺弄，生命無情的事實——人生必然痛苦，人究竟還是在時空中被拋來丟去，最後拋向死神；「生年不滿百，常懷千歲憂」，所憂為何？「淚下沾裳衣」，所泣為何？人活著就是無盡的折磨，所能作的只有眼睜睜望著自己迅速走向死亡。這是「十九首」作者們在痛苦的人生經歷後，有掙扎、有抗爭，然而，最終得到的體悟是一種對於生命本質透徹的了解。

五、結論

　　命運的悲哀與天道無情糾結出如此驚心動魄的文學語言，也構建了「古詩十九首」的主題思想；等待是漫長的，處於孤獨中的人總會快速老去，在這樣的生命進程裡，心中會掀起一陣恐慌，青春不再、生命不再，你我之間除了原本的關山阻隔，漸漸地有了歲月的阻隔、死亡的牽扯，而在人死之後，原本以為可以在墓中靜靜的等待，然而，「古墓犁為田，松柏摧為薪」，死後仍舊受命運的擺弄，四處流轉，不得休息，這是一種極為悲哀的「生命悲的意識」。卡爾德隆的兩句詩：「人所犯的最大的罪，就是他出生在世」，尚且只將痛苦止於死亡之前，而「十九首」的痛苦卻延續至身後；這是一場深刻的人生體驗，

歸結了生爲人最大的悲哀，而在痛苦的體悟之後，詩人們又迸發出人生最眞實最渴望的需求——「歸」，可見中國人不但探討命運，思考人生悲劇性的一面，而且是極爲深刻的感受，極爲深沉的體認。

附錄二　希望在絕望中燃燒
——論李商隱《無題》詩中的「詭論」

　　Cleanth Brooks 在 "*The Well Wrought Urn*" 首篇 "The Language Of Paradox" 中，開宗明義就說：「很少有人會同意這樣的說法：詩的語言是詭論語言」（逆說）〔註1〕，並說：「可以說，詭論正合詩歌的用途，並且是詩歌不可避免的語言。……詩人要表達的眞理只能用詭論語言」，〔註2〕他將 Paradox 視爲詩歌必然的表現手段，至於 Paradox 的中文翻譯，有人說是「詭論」，有人翻成「逆說」，也有翻成「悖論」的，在此，本文將援用趙毅衡先生所譯之「詭論」。那麼，什麼是「詭論」呢？Cleanth Brooks 以 Wordsworth "Composed upon Westminster Bridge" 爲例說明，他說這首詩之所以好，之所以有力量，其來源都在於「詭論」情景：

> Dear God! The very houses seem alseep; And all that mighty
> heart is lying still!

這首詩主要是在敘述以往充滿工業化氣氛的倫敦，竟然在晨間如此動人，"The river glideth at his own sweet will"，河流也可以擁有自己

〔註1〕布魯克斯（Cleanth Brooks）"*The Well Wrought Urn : Studies in the Structure of Poetry*". San Diego, New York, London : Harcourt Brace Jovanovich, 1975, pp.3.

〔註2〕布魯克斯（Cleanth Brooks）"*The Well Wrought Urn : Studies in the Structure of Poetry*", pp.3.

甜美的意志，不必再機械化的接泊船隻，最後作者說「房屋似乎在沉睡」；這就是一個「詭論」情景，因爲，這裡說它們在沉睡，其實就是說它們活生生的——"asleep"與"alive"是兩項完全相反的意義，作者刻意營造這種矛盾碰撞，將語言的變動性加大，以容納第三種觀點；所以，作者在這裡的意思是，早晨的房屋表面上是在沉睡，但是它們並不是眞正的沉睡，沉睡的是被工業化利用的倫敦，而此刻的倫敦是活生生的，它有靈動的自然氣息、甜美的自由意志，Cleanth Brooks 說：「詩人對這些房屋能說的最使人激動的事，就是沉睡」，〔註3〕也因爲這樣使用極端意義的刻意經營，詩歌才顯出其強大的文字張力，令人於其中玩味無窮。

　　Cleanth Brooks 這種說法，以中國式的觀點來看，類似意的雕琢，它並非刻意以采麗競繁進行形式上的雕琢，而是意義的深鑿，當然，在中國，造成詩歌玩味無窮的方式很多，「含蓄」就是其一，如《文心雕龍‧體性》：「志隱而味深」，《文心雕龍‧隱秀》：「深文隱蔚，韻味曲包」，劉勰覺得較佳的詩歌語言，應該是不要讓人一眼望盡所有的意思，其中有些意義是需要隱起來的，但是《文心雕龍》並沒有進一步說明該怎麼隱，又該怎麼表露，才能造成言外之意；筆者認爲 Cleanth Brooks 在此提供了一項好方法，即他所認爲的詩歌一切語言的「詭論」，他認爲詩人並不能使用一種記號（natation）做詩，〔註4〕詩是詩，它不該以平鋪直敘的語言出現，那麼該如何？他覺得利用兩種矛盾相反的意思是一個不錯的方式，這樣一來，所產生的第三種意義不但可以包含前兩者，更可以形成強度更大的語言意義，而這種矛盾意義的運用使我想起了李商隱的《無題》詩。人人都說李商隱的《無題》詩好，至於爲什麼好，或說其中運用了比興諷諭，或說「寄遙情於婉孌，結深怨於蹇修」之象徵手法，或

〔註3〕布魯克斯（Cleanth Brooks）*"The Well Wrought Urn : Studies in the Structhre of Poetry"*, pp.6.

〔註4〕布魯克斯（Cleanth Brooks）*"The Well Wrought Urn : Studies in the Structhre of Poetry"*,pp.9.

說其善用典。除此之外，還有一點令我感到興趣：因爲李商隱的《無題》詩在形式上多使用淺白的語句，我們在閱讀他的詩時很少需要翻譯，就可以容易了解其字面上的意思，並且，其內容通常也是一些最平凡的狀態、動作、環境，如作夢、遊戲，可是其詩運行之中所散發出來的藝術力量，卻往往是驚心動魄的，其中秘密爲何？恐怕也是著力於意義的深鑿，Cleanth Brooks 的「詭論」似乎可以提供我們一個探討的途徑，以下將舉例論述之。

　　無題四首（其一）
　　來是空言去絕蹤，月斜樓上五更鉦。
　　夢爲遠別啼難喚，書被催成墨未濃。──→虛幻、悲傷
　　蠟照半籠金翡翠，麝薰微度繡芙蓉。──→實體、光明
　　劉郎已恨蓬山遠，更隔蓬山一萬重。

這首詩首句「來是空言去絕蹤」，使人知曉這是一樁約定的破滅，一開始就營造出悲傷的氣氛，夢醒之後，眼見明月空照樓閣，遠處傳來沈重的鐘聲，那段離別的痛苦在夢中又重新溫習了一次，於是詩人起身振筆疾書，準備寫一封信給夢中的人，並且，在此以夢爲比喻，夢的虛幻、無蹤，就如同當初你答應我見面一樣，一場空。

　　詩至此，沒有任何矛盾的情況出現，背景仍是一片悲戚。並且以夢比喻虛幻，本無驚奇之感，然而，接下來的詩句就是作者所營造的「詭論」情景（paradox）：
　　蠟照半籠金翡翠，麝薰微度繡芙蓉。

燭光隱約照著溫暖的金翠被綢，芙蓉帳透著薰香，這只是對一間上等房間的極爲普遍的描寫，詩中人剛剛從這樣一個溫暖的情境中甦醒，這樣的溫暖與首聯、頷聯營造出的悲哀氣氛起了矛盾，這房間越是華麗、越是溫暖，就越顯出前面「夢」的虛幻，因此，兩句詩表面上在營造一種溫暖的感覺，實際上就是相見無期的虛幻感與獨守空閣的心寒，而且此地極可能是詩中人與對方相處之處，兩種意義互相壓迫之下，於是激盪出第三種意義：
　　劉郎已恨蓬山遠，更隔蓬山一萬重。

最令詩中人感到虛幻、痛苦的是這樣一個溫暖的「金翡翠」、「繡芙蓉」的「詭論情景」，激起他「翡翠衾寒誰與共」的痛苦，而這種痛苦已不是前面那種因虛幻而起的隱隱悲哀，而是一種咬牙切齒之天涯阻隔之「恨」，如果作者沒有營造出「詭論」情景，在缺乏矛盾激盪之下，第三種意義就不會顯得如此盪氣迴腸，一往情深。

　　無題四首（其二）

　　　颯颯東風細雨來，芙蓉塘外有輕雷。
　　　金蟾齧鎖燒香入，玉虎牽絲汲井回。
　　　賈氏窺簾韓掾少，宓妃留枕魏王才。
　　　春心莫共花爭發，一寸相思一寸灰。

首聯起始，瀰漫一股清新的春天氣息，在這樣一個美麗的春天，進行著「金蟾齧鎖燒香入，玉虎牽絲汲井回」這些歡樂之事，至此，我們感受到在萬物萌發的春天，難免引發有情人春心躍動。接下來頸聯運用兩個典故，即賈充之女與韓掾的愛情故事，與甄后留枕的情意綿綿，仍舊接續著前四句春心躍動，追求愛情的渴望，閱讀至此，我們仍然感受不出詩中有任何令人驚奇之處，直至末聯詩句口吻陡然轉變：

　　　春心莫共花爭發，一寸相思一寸灰。

這時才驚覺到原來在進入閱讀一直至末聯，我們都陷於作者精心安排的「詭論」情景之中，就連此處以春心躍動比喻花的綻放，都包含著詭論。在追求愛情的過程中，有賈氏與韓掾圓滿的愛情結局，當然也有甄后與曹植的遺恨綿綿，因此，儘管春天是個「花爭發」的時節，卻隱隱含藏著長相思，催心肝的苦楚，兩種意義相互壓迫，於是激發出第三種意義，它極度顯現出文字的力量，在這種情況下，於是爆發出「一寸相思一寸灰」的強烈怨懟便不足為奇，而這種文字散發出來的藝術力量就來自所謂的「詭論」。

　　當然，在這其中，也活化了以春心喻花開的比喻。它本來是個俗化的比喻，但是因為含有「詭論」的意味，所以也就將它深化了；看似詩中人雖然有「我再也不要思念你（妳）」的意思，但是春天百花燦放，乃自然而然，就像人在愛情中相思亦是自然而發，很難受到理

智或自由意志操控，所以，詩中人固然要「莫共花爭發」，但是隱含著必定會春心躍動，相思成災。

　　正如 Cleanth Brooks 所言：「詩人必須用比喻寫作，正如 I. A. Richards 指出的，所有微妙的情緒狀態只有比喻才能表達。詩人必須靠比喻生活。」〔註 5〕他首先肯定比喻對寫詩的重要性，他這裡所謂的比喻（analogy），就是一般所謂以彼喻此的比喻，即依據兩者之間的相似點所進行的修辭手法；而後他又接著講述比喻該怎麼使用：「比喻並不存在於同一平面上，也並非邊緣整齊地貼合。各種平面在不斷地顛倒，必然會有重疊、差異、矛盾。」〔註 6〕所以，其實他是贊同使用一種「詭論」式的比喻，利用這種似是而非的詞語結構，在詩中不斷的相互破壞，不斷的相互調和，達到一種深刻的效果，李商隱某些詩的比喻就有這樣的特色，而我以下所舉之例也有相似的情況。

> 　無題
> 　相見時難別亦難，東風無力百花殘。
> 　春蠶到死絲方盡，蠟炬成灰淚始乾。
> 　曉鏡但愁雲鬢改，夜吟應覺月光寒。
> 　蓬萊此去無多路，青鳥殷勤為探看。

我想，這首詩是李商隱無題詩中最耳熟能詳的了。這首詩的情境順序剛好與上述相反，上述詩是由春天輕快的氣氛帶入憂傷，而這首詩乃由絕望走入希望，當然，這一切皆是作者精心設計的「詭論」情景。

> 　相見時難別亦難，東風無力百花殘。

首聯就將人墜入萬劫不復的絕望相思中，別離竟然比相見還要痛苦，這是何等的一往情深！作者繼而以春末百花凋謝、春蠶與蠟燭的執著喻詩中人的相思無窮無盡，致死方休；一直要到詩人走筆至尾聯：

〔註 5〕布魯克斯（Cleanth Brooks）"*The Well Wrought Urn : Studies in the Structhre of Poetry*", pp.9.

〔註 6〕布魯克斯（Cleanth Brooks）"*The Well Wrought Urn : Studies in the Structhre of Poetry*", pp.9.

蓬萊此去無多路，青鳥殷勤爲探看。

詩中人一股莫名的力量，才使我們又陡然驚覺自己又不小心陷入作者
的「詭論」情景中。其實詩中人忽然抖擻的精神並不是突發的，他已
經隱藏在首聯、頷聯四句中，一個人若能愛到至死方休，是何等的力
量使然，這不是一個「東風無力」就可以摧毀的，花雖然謝落，但是
詩中人那一股雖九死其猶不悔的蠻勁，即便是相隔千重山、萬重水的
蓬萊仙山，他也覺得「此去無多路」；所以，可以說「春蠶到死絲方
盡，蠟炬成灰淚始乾」這一個比喻是包含「詭論」的，這一方面承繼
著「東風無力百花殘」而來，強調著離別之後的憂傷，實際上它是形
容一股至死方休的力量，於是兩種意義相激盪，才會迸發出「蓬萊此
去無多路」的情感強度。

無題二首

鳳尾香羅薄幾重，碧文圓頂夜深縫。
扇裁月魄羞難掩，車走雷聲語未通。
曾是寂寥金燼暗，斷無消息石榴紅。
斑騅只繫垂楊岸，何處西風待好風？

重幃深下莫愁堂，臥後清宵細細長。
神女生涯原是夢，小姑居處本無郎。
風波不信菱枝弱，月露誰教桂葉香？
直道相思了無益，未妨惆悵是清狂。

這兩首詩一般而言是一起看的，同李商隱其他的愛情詩一樣，書寫著
相思的痛苦與會合的無期，沒有終點的等待總伴隨著寂寥而來，共生
在脆弱的心靈，僅是一種單純的內容，卻有著無窮的深意，當然，它
的力量也來自於「詭論」。首先，第一首前三聯描述思念與等待，這
份思念之情在頸聯處達到高潮，尤其是「斷無消息」這句話，更是一
種愛情的控訴，希望彷彿已消磨在無盡的等待中；但是，末聯筆鋒一
轉，詩中人又期待自己化爲西南風，投入對方懷抱，在這裡，頸聯的
失望與末聯的期待形成對比，但是這個對比還不是很強烈。接下來「重

幃深下莫愁堂，臥後清宵細細長」，又陷入寂寥的等待，一樣重複上一首的情感流程，詩中人感受到人生如夢、愛恨似幻，從前一首末聯才興起的期待又墜入失望，接著「風波不信菱枝弱，月露誰教桂葉香？」對愛情失望的控訴再度達到高潮，「不信」是「風波」明知菱枝弱質卻偏加摧拆，「誰教」乃「月露」本可滋潤桂葉而竟不如此，此處「風波」與「月露」暗喻著對方，而「菱枝」與「桂葉」就是自己，經過一連串失望、希望、失望的對比，詩至尾聯，於是迸發出更為「詭論」的心聲：

　　　直道相思了無益，未妨惆悵是清狂。

看似詩人決定要以理智節制相思，既然相思無益，不如放任瀟灑，但是若是真瀟脫之人，絕不會有如此複雜的內心衝突，所以，這種言詞，真是有些似是而非，甚至口是心非，就像是前幾聯那些因等待而呼喊的愛情控訴，看似失望，實際上仍深藏著濃情密意，詩人為了要完全表達情人間的長相思與痛苦，還有甜蜜的嗔怒，所以他刻意使用衝突矛盾的技巧，如此一來，詩歌的包容性、變動性都大了起來，所產生的意義也深刻多了。

　　李商隱的詩總是想表達一種希望在絕望中燃燒的情感，這份情感既非兩種分開的感覺，它也不能單獨存在，因為任何一種擅自的改變，都將使詩歌支離破碎或是辭不達意，因此，李商隱刻意使用的方式卻在無意間與 Cleanth Brooks 所見略同；我想，或許就是透過"paradox"，使得人們在他相對的愛情語言中顛來覆去，發現了一種又一種的意思，在玩味的同時也被困擾襲擊，於是種種關於李商隱詩神秘的傳說開始遊走人間，有人從歷史角度，有人藉著考據，有人從心理因素分析，有人談他的愛情史，大家爭先恐後想成為李商隱的知音，破解幾百年前元好問先生下的迷咒。而我只是想試著，在任性的抽離關於李商隱背景的任何因素之後，捧著僅存的語言文句，是否能夠贏得李商隱會心的一笑？

參考書目

1. 《中國文學總欣賞》（台北：錦繡出版社，1992 年）。

2. 布魯克斯（Cleanth Brooks）"*The Well Wrought Urn : Studies in the Structure of Poetry*". San Diego, New York, London : Harcourt Brace Jovanovich, 1975.

3. 格瑞柏斯坦（Sheldon N. Grebstein）著，李宗慬譯註：《現代文學批評面面觀》（台北：正中書局，1978 年）。

4. 郭宏安、章國鋒、王逢振：《二十世紀西方文論研究》（北京：中國社會科學出版社，1994 年）。

5. 聖寧：《二十世紀美國文論》（北京：北京大學出版社，1994 年）。

6. 蔡源煌：《從浪漫主義到後現代》（台北：雅典出版社，1998 年）。